30일
다이어트
플래너

다이어트 계획표

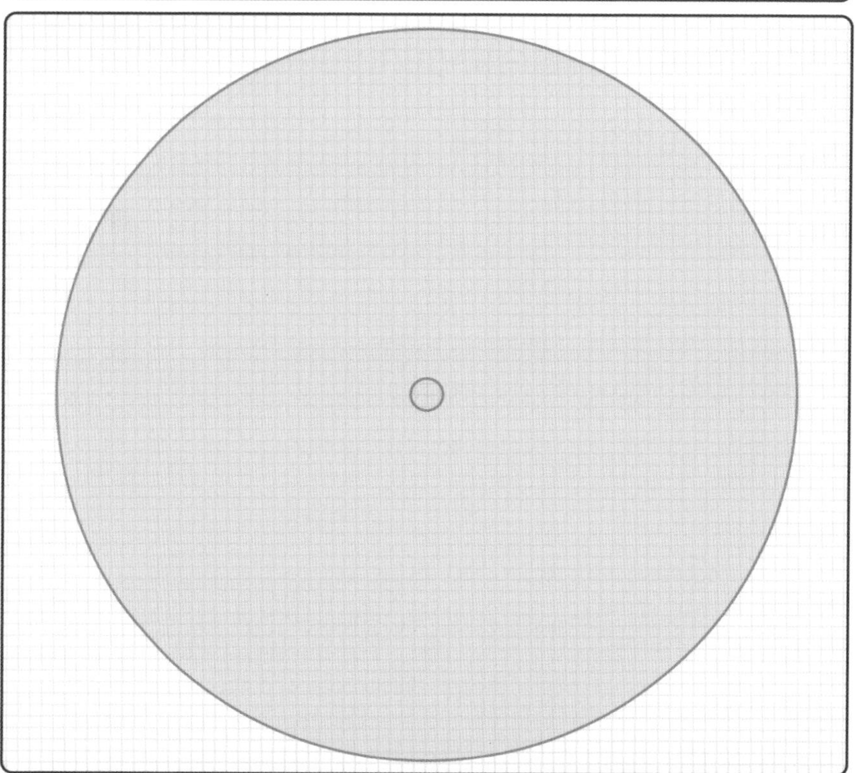

목표 설정

현재		Kg	목표		Kg

내가 다이어트에 성공하게 된다면?

신체 치수 변화 (우측은 30일 이후에 기록해 주세요!)

가슴	cm	➡	가슴	cm
허리	cm	➡	허리	cm
허벅지	cm	➡	허벅지	cm
엉덩이	cm	➡	엉덩이	cm

<table>
<tr><td>DAY</td><td></td><td>일째</td><td>오늘의 기분</td><td></td></tr>
</table>

수면시간		점수	

	음식	운동
아침		
점심		
저녁		
간식		

WATER

1	1	1	1
1	1	1	1

나와의 약속

수면시간		점수	

	음식	운동
아침		
점심		
저녁		
간식		

WATER	나와의 약속
1 1 1 1 1 1 1 1	

<table>
<tr><td>DAY</td><td></td><td>일째</td><td>오늘의 기분</td><td>☺ ☹ ㅠ_ㅠ</td></tr>
</table>

수면시간		점수	

	음식	운동
아침		
점심		
저녁		
간식		

WATER

1	1	1	1
1	1	1	1

나와의 약속

| DAY | | 일째 | 오늘의 기분 | 😍 😑 😫 |

| 수면시간 | | 점수 | |

	음식	운동
아침		
점심		
저녁		
간식		

WATER

| 1 | 1 | 1 | 1 |
| 1 | 1 | 1 | 1 |

나와의 약속

<table>
<tr><td>DAY</td><td>일째</td><td colspan="2">오늘의 기분</td></tr>
</table>

수면시간		점수	

	음식	운동
아침		
점심		
저녁		
간식		

WATER

1	1	1	1
1	1	1	1

나와의 약속

<table>
<tr><td>DAY</td><td>일째</td><td>오늘의 기분</td><td></td></tr>
</table>

수면시간		점수	

	음식	운동
아침		
점심		
저녁		
간식		

WATER

1	1	1	1
1	1	1	1

나와의 약속

| DAY | | 일째 | 오늘의 기분 | 😍 😌 😢 |

| 수면시간 | | 점수 | |

	음식	운동
아침		
점심		
저녁		
간식		

WATER

| 1 | 1 | 1 | 1 |
| 1 | 1 | 1 | 1 |

나와의 약속

<table>
<tr><td>DAY</td><td></td><td>일째</td><td>오늘의 기분</td><td>😍 😑 ㅠ_ㅠ</td></tr>
</table>

수면시간		점수	

	음식	운동
아침		
점심		
저녁		
간식		

WATER

1	1	1	1
1	1	1	1

나와의 약속

<table>
<tr><td>**DAY**</td><td></td><td>일째</td><td>오늘의 기분</td><td></td></tr>
</table>

수면시간		점수	

	음식	운동
아침		
점심		
저녁		
간식		

WATER

1	1	1	1
1	1	1	1

나와의 약속

| DAY | | 일째 | 오늘의 기분 | |

| 수면시간 | | 점수 | |

	음식	운동
아침		
점심		
저녁		
간식		

WATER

| 1 | 1 | 1 | 1 |
| 1 | 1 | 1 | 1 |

나와의 약속

<table>
<tr><td>DAY</td><td></td><td>일째</td><td>오늘의 기분</td><td>😍 😑 ㅠ_ㅠ</td></tr>
</table>

수면시간		점수	

	음식	운동
아침		
점심		
저녁		
간식		

WATER

1	1	1	1
1	1	1	1

나와의 약속

DAY
일째   오늘의 기분

수면시간   점수

음식   운동

아침

점심

저녁

간식

WATER   나와의 약속

1 1 1 1
1 1 1 1

<table>
<tr><td>DAY</td><td>일째</td><td>오늘의 기분</td><td></td></tr>
</table>

수면시간		점수	

	음식	운동
아침		
점심		
저녁		
간식		

WATER

1	1	1	1
1	1	1	1

나와의 약속

DAY		일째	오늘의 기분	😍 😌 🐻

수면시간		점수	

	음식	운동
아침		
점심		
저녁		
간식		

WATER

1	1	1	1
1	1	1	1

나와의 약속

| DAY | | 일째 | 오늘의 기분 | |

| 수면시간 | | 점수 | |

	음식	운동
아침		
점심		
저녁		
간식		

WATER	나와의 약속
1 1 1 1 1 1 1 1	

<table>
<tr><td>DAY</td><td>일째</td><td>오늘의 기분</td><td></td></tr>
</table>

수면시간		점수	

	음식	운동
아침		
점심		
저녁		
간식		

WATER

1	1	1	1
1	1	1	1

나와의 약속

<table>
<tr><td>DAY</td><td></td><td>일째</td><td>오늘의 기분</td><td>😍 😑 ㅠ_ㅠ</td></tr>
</table>

수면시간		점수	

	음식	운동
아침		
점심		
저녁		
간식		

WATER

1	1	1	1
1	1	1	1

나와의 약속

<table>
<tr><td>DAY</td><td>일째</td><td>오늘의 기분</td><td>😊 😑 😣</td></tr>
</table>

수면시간		점수	

	음식	운동
아침		
점심		
저녁		
간식		

WATER

1	1	1	1
1	1	1	1

나와의 약속

<table>
<tr><td>DAY</td><td>일째</td><td>오늘의 기분</td><td>😍 😑 ㅠ_ㅠ</td></tr>
</table>

수면시간		점수	

	음식	운동
아침		
점심		
저녁		
간식		

WATER

1 1 1 1
1 1 1 1

나와의 약속

DAY		일째	오늘의 기분	😍 😑 😣

수면시간		점수	

	음식	운동
아침		
점심		
저녁		
간식		

WATER

1 1 1 1
1 1 1 1

나와의 약속

DAY		일째	오늘의 기분	

수면시간		점수	

	음식	운동
아침		
점심		
저녁		
간식		

WATER

1	1	1	1
1	1	1	1

나와의 약속

<table>
<tr><td>DAY</td><td>일째</td><td>오늘의 기분</td><td>😍 😐 😢</td></tr>
</table>

수면시간		점수	

	음식	운동
아침		
점심		
저녁		
간식		

WATER

1	1	1	1
1	1	1	1

나와의 약속

<table>
<tr><td>DAY</td><td>일째</td><td>오늘의 기분</td><td></td></tr>
</table>

수면시간		점수	

	음식	운동
아침		
점심		
저녁		
간식		

WATER

1	1	1	1
1	1	1	1

나와의 약속

<table>
<tr><td>DAY</td><td>일째</td><td>오늘의 기분</td><td>😍 😑 ㅠ_ㅠ</td></tr>
</table>

수면시간		점수	

	음식	운동
아침		
점심		
저녁		
간식		

WATER

1	1	1	1
1	1	1	1

나와의 약속

<table>
<tr><td>DAY</td><td></td><td>일째</td><td>오늘의 기분</td><td>😍 😑 ㅠ_ㅠ</td></tr>
</table>

수면시간		점수	

	음식	운동
아침		
점심		
저녁		
간식		

WATER

1	1	1	1
1	1	1	1

나와의 약속

<table>
<tr><td>DAY</td><td>일째</td><td>오늘의 기분</td><td>😍 😔 ㅠ_ㅠ</td></tr>
</table>

수면시간		점수	

	음식	운동
아침		
점심		
저녁		
간식		

WATER

1	1	1	1
1	1	1	1

나와의 약속

DAY
일째
오늘의 기분

수면시간
점수

음식
운동

아침

점심

저녁

간식

WATER
1 1 1 1
1 1 1 1

나와의 약속

<table>
<tr><td>DAY</td><td>일째</td><td>오늘의 기분</td><td>😍 😑 😠</td></tr>
</table>

수면시간		점수	

	음식	운동
아침		
점심		
저녁		
간식		

WATER

1	1	1	1
1	1	1	1

나와의 약속

| **DAY** | | 일째 | **오늘의 기분** | 😍 😑 ㅠ_ㅠ |

| 수면시간 | | 점수 | |

	음식	운동
아침		
점심		
저녁		
간식		

WATER

[1] [1] [1] [1]
[1] [1] [1] [1]

나와의 약속

<table>
<tr><td>DAY</td><td>일째</td><td>오늘의 기분</td><td>😊 😐 😣</td></tr>
</table>

수면시간		점수	

	음식	운동
아침		
점심		
저녁		
간식		

WATER

1	1	1	1
1	1	1	1

나와의 약속

30일 총결산

BEFORE	Kg	AFTER	Kg

달라진 점

30일간 수고하셨습니다.
고통은 지나가지만 아름다움은 남는다.
이 기록이 자신을 사랑하고 바꿀 수 있는
변화의 계기가 되었기를 바랍니다!

Squat

STEP 2

헬스 등록?!
나 철야 근무해서 지금 첫차 타고 집에 들어간다... 저녁때 볼래?
응, 그럼 저녁에 만나!
쿠엉
직업: 디자이너
밤 새운 깝수를 위해 약속시간을 저녁으로 미루고 그 전에 헬스를 등록하기로 했다.
그런데 어디로 다니지? 좀 찾아볼까...
두 군데 있는데 어디로 가지... 수련 언니한테 물어보자!
B
A
A
요가
B
도보 5분 생긴 지 오래됨 가격 저렴 시설 부실
도보 30분 최근에 오픈 가격 비쌈 시설 좋음
크로스핏
스피닝
GX
으앙 뭐가 뭔지 하나도 모르겠어~
복잡해~
수련언니 (헬스마니아)
언니 제가 헬스를 끊을 건데요.
수련언니
오 드며?
넹! 근데 헬스장 좀 골라줘요ㅜ
가깝고 싼데 시설 안 좋은 헬스장, 멀고 비싼데 시설 좋은 헬스장. 둘 중 어딜 가야 할까?
A
B
?

언니, 근데 GX프로그램이 뭐예요? PT에 크로스핏에
헬스장마다 어려운 용어가 너무 많아요.

GX는 Group Exercise의 약자야. 에어로빅, 댄스, 필라테스, 요가 등을 배울 수 있지.
여럿이 하기 때문에 흥겹고 다양한 스포츠를 손쉽게 접할 수 있어.

특히 몸이 뻐근하다면 요가나 필라테스 수업을 들어봐. 체형 교정에 정말 좋거든.

크로스핏은 근+유산소 운동을 단체로 하는 고강도, 고기능성 트레이닝이야.
PT는 Personal Training!! 즉 크로스핏과 반대로 1:1로 운동을 배우는 거지.

* 첫 방문시 운동화와 샤워용품은 꼭 미리 챙겨 가세요. (라커룸, 운동복은 보통 대여 가능)

1. 홈트레이닝

인터넷 동영상이나 다이어트 비디오를 활용. 최소 비용으로 최대 효과 가능.
잘못된 자세로 인한 부상과 층간소음에 유의!

2. 주민센터(동사무소)

주민센터에서 운영하는 헬스장은 가격이 저렴하답니다.
요가나 댄스 같은 수업을 운영하는 곳도 있으니 알아보세요.

3. 보건소

체성분검사 할 곳이 없다면? 보건소로! 지역에 따라 저렴한 가격
혹은 무료로 해주는 곳이 있으니 사전에 문의해 보세요.

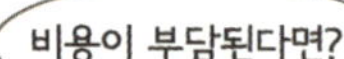

🐻 체성분 검사

○○ 휘트니스
S 라인
저... 안녕하세요?
두근

등록하러
오셨나요?

일단 여기 성함, 연락처 적어주세요.
운동복 바로 챙겨드릴게요.
가입서

맞는 사이즈가
있다니 다행이다.
XXL사이즈
정도면 맞겠지?
끙끙
긁적

XXXL사이즈
하나 있네요. 작으면
말씀해 주세요~
남성용
XXXL
뭐? XXXL ?!!
심지어 남성용?
아무리
뚱뚱해도
이건...
남자사이즈
XXXL라니
기분 나빠.
날 뭘로보고!
부들

잠시 후
헉

결국 남성용 착용
이정도였다니

반가워요.
트레이너
'나복순'
입니당.
샤방
헐... 날씬하당.
같은 몸무게의 두 체형
둘 중 누가 더 건강할까요?
60kg 근육형
55kg 지방형
근육
지방
지방
근육
음... 당연히 55Kg인 사람이
건강하지 않을까요?

처음 오셨으니
일단 체성분 검사
부터 할게요.
체성분?
이게 뭐예요?
몸무게 재는 건가.

그러니 체중으로 스트레스 받는 건 의미 없어요.
중요한 건 홍옥 씨 몸속 건강과 허리둘레!
체중
치수

땅! 틀렸어요!
체중은 말 그대로 무게일 뿐
건강과 직결되지 않아요.
중요한 건 근육량과 몸의 치수
허리둘레! 그걸 측정하고
운동 방향을 정하는 게
체성분검사의 목적이에요.
땡-

우와. 정말
체지방이랑 근육량이
분리돼서 나오잖아?
이런 게 있다니 역시
다이어트도 공부가
필요하구나.
두근

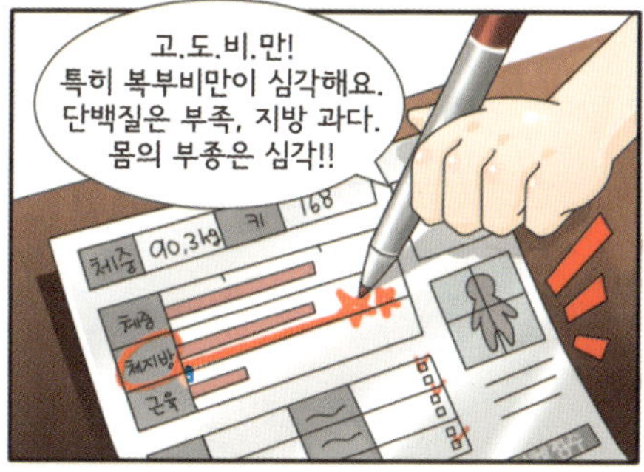

PT도 받아보고 싶긴 한데, 그보다
다른 사람의 도움 없이 스스로 나를 바꿔보고 싶어.

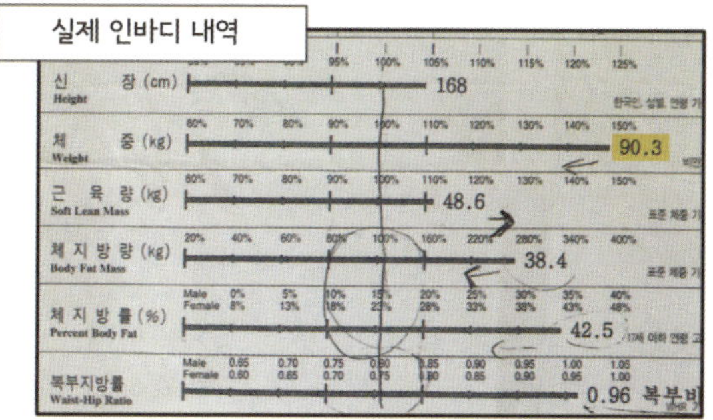

그렇게 되면 근육과 수분이 손실되고, 중요한 기초대사량도 낮아져요.

이런 사이클이 반복되어 몸의 균형이 깨진 것이 지금 홍옥 님 상태예요.

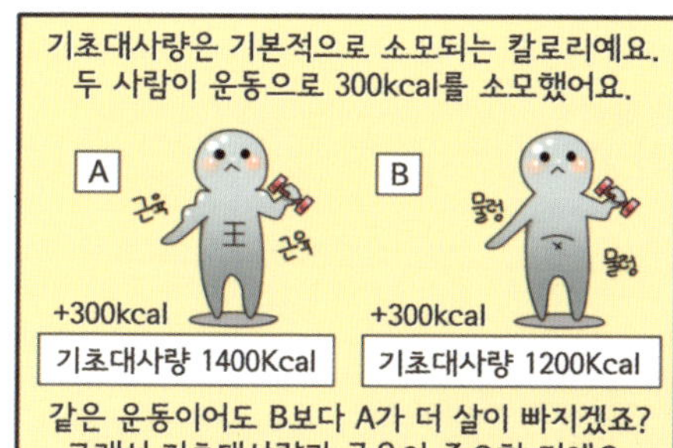

기초대사량은 기본적으로 소모되는 칼로리예요.
두 사람이 운동으로 300kcal를 소모했어요.
A
근육
王
근육
+300kcal
기초대사량 1400Kcal
B
물렁
물렁
+300kcal
기초대사량 1200Kcal
같은 운동이어도 B보다 A가 더 살이 빠지겠죠?
그래서 기초대사량과 근육이 중요한 거예요.

그러니 단백질은
충분히 드시고
지방은 적당히
드시도록 노력
하세요.
뜨끔
과다섭취
금물

못난 주인을 둔 몸에게 미안하다!

특히 탄수화물에 중독되면
내장지방이 되기 쉽답니다.
ㅇㅇ
국수
* 음식을 필요량 이상 섭취했음에도
계속 허기가 느껴진다면 탄수화물 중독을 의심!

어쩐지 빵이랑 쿠키가
자꾸 생각나더라.
초콜릿이랑 빵도
못 끊겠고....

쌀밥이 주식이 된 건 구하기 쉽고 에너지가 잘 쌓이기 때문이에요.
풍족해진 요즘은 더 건강하고 다양한 탄수화물을 섭취할 수 있답니다. 예를 들면 현미밥이요!
쌀밥보다
포만감이
오래가요!
5g x 자기 몸무게 = 탄수화물 하루 적정 섭취량

꼭 쌀밥을 먹어야 한단 편견을 버려요. 고구마처럼 대체 가능한 탄수화물이 얼마나 많은데요?
단백질이 많은 닭가슴살이나 두부와 함께 샐러드로 먹으면 배도 든든해요.

다이어트 음식이란 말에 낚이지 말고 그 안의 영양소를 체크하는 습관도 들여 보세요.

저칼로리여도 뜯어보면 포화지방, 나트륨 덩어리인 음식들이 정말 많거든요.

그렇다고 무조건 샐러드를 먹을 필요는 없어요. 저염식만 지킨다면 한식도 괜찮아요.

식판이나 작은 그릇 사용은 영양소 섭취와 식사량 조절에 효과적!

세 끼를 한번에 몰아 먹기보단 여러 번에 나눠서 규칙적으로 먹는 것이 가장 바람직해요.

아 그리고 근손실을 막기 위해 단백질 섭취량을 늘려주세요.
계란 흰자, 닭가슴살, 두부 등등!

그렇다면 고기만 먹는 황제 다이어트를..!

제정신인가...

이제 운동을 하실 건데요.
우선 몸부터 데워 볼까요?
순서
워밍업
스트레칭
유산소
무산소

워밍업으로 사이클을 타고 스트레칭을 배웠다.
그냥 계속 사이클 타면 안 되나...
몸이 안 움직이니 남들 보는 데서 하기 쪽팔려.
꾸웅
바들 바들

저 스트레칭할 시간에 뛰는 게 나을 것 같은데... 꼭 해야 해요?
끼잉~
?

당연한 걸 물으시네... 관절 나가고 싶어요?

스트레칭은 홍옥 씨의 몸을 보호해 주고 다음에 또 쓸 수 있게 도와주는 윤활유 같은 존재예요.
삐그덕
삐그덕
몸을 오래된 수레라고 생각해 봐요. 억지로 굴리면 어떻게 될까요? 무너지겠죠?

그러니까! 운동 전후 스트레칭은 필수랍니다.
알았어요. 그런데...

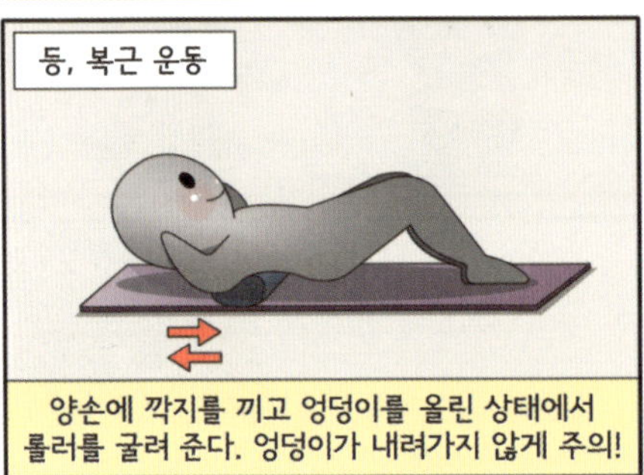

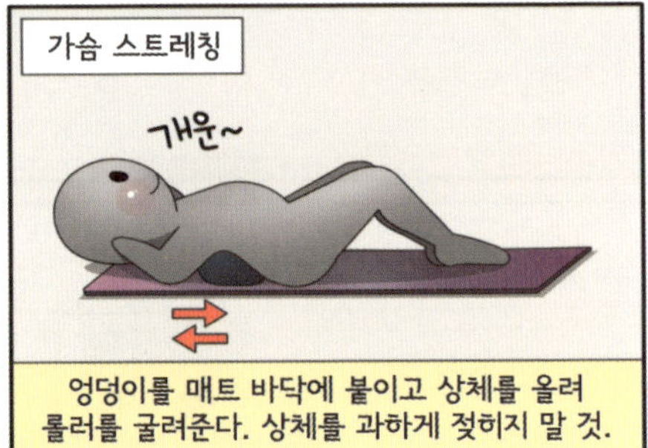

폼롤러 스트레칭 후엔 기구 사용법을 배웠다.
웨이트 트레이닝이라고 하는데 사실 하고 싶지 않다. 왜냐하면...

음...
다이어트
뭐뭐
해보셨죠?
어이가
없음
디톡스랑
단식이랑
초절식...
원푸드...

어휴... 남들이 좋다는 건 다 하셨네.
그러니까 요요에 작심삼일이죠.
띠
잉

혹시 그 중에서
3개월... 아니 1개월
이상 해본 거 있어요?
아...아니요.

다이어트는 장기전이에요. 남들이 하는 방법보단 내가 평생 할 수 있는 방법을 찾으세요.
사람마다 가진 조건은 달라요.
내가 가진 체력, 정신으로
유지할 수 있는 생활 패턴을
먼저 찾으세요.
근성下
체력下
식욕上
30분

그리고 여성분들이
흔히 하는 착각인데...
이런 완벽하고
아름다운 근육질
몸매는 말이죠...

물론 피해 의식 때문에 잘못 들었을 수도 있다. 하지만 이젠 이런 현실도 피해 의식도 지겨워.
90kg 넘는 이런 내가 일할 수 있는 곳이 세상에 있긴 할까?

내가 일할 수 있는 곳이 있을까?

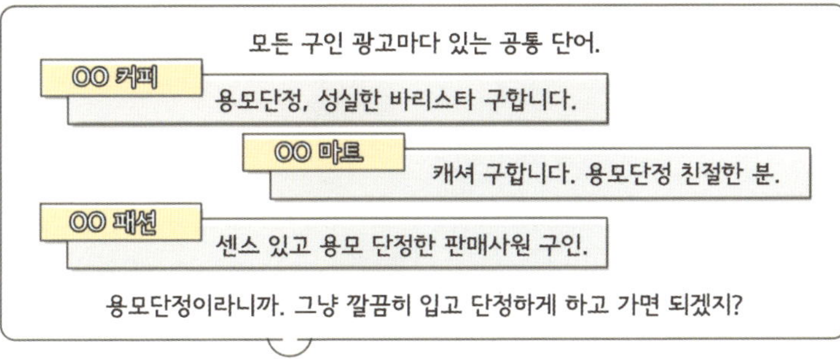

그제야 깨달았다.
사람들이 말하는 '용모단정'의 범위 안에 나는 없다는 걸.

어떤 궂은 일이건 열심히 할 자신이 있었다.

... 그런데 단 한 군데서도 써주지 않다니...
힘내~!...어?

커피숍? 저런 예쁜 가게서 날 써주겠어? 그럴 리가 없잖아.
야, 저기 커피숍도 알바 구하는데?

집에서 가깝고 용모단정이라고도 안 쓰여 있긴 하지만...

뭘 고민해? 넌 매사에 너무 부정적이야. 포기하면 0%의 확률이지만 도전하면 1%의 가능성은 생긴다구!! 내일 당장 가봐!

... 그래 좋아! 여기가 정말 마지막이야!

사장님. 구인광고 보고 전화했다는데 받아보세요~
알았어~ 잠시만!

아~ 알바요? 아직 구해요. 면접 보시려면 6시 이후에 둘러주세요.

PM 06:00

앞까지 오긴 했는데 들어가기 두렵다.

이번엔 오래 일할 사람이었음 좋겠네요.
그러게 말야. 일 가르치는 것도 일이니.

저... 안녕하세요. 아르바이트 면접 보러 왔는데요...
스윽
두근

묵직

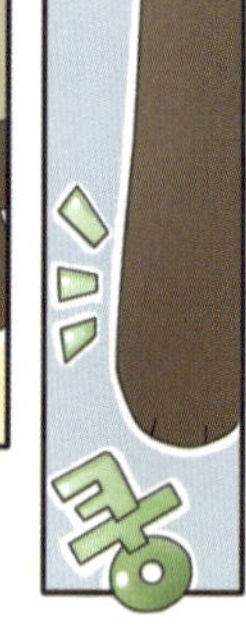

쿵

경직

홍옥이라고 합니다.
이력서는 어디 둘까요?
두
둥

!
헐...

드세요—
땡큐—
송이씨
아까부터 느낀 거지만
가시방석에 앉아 있는 기분...

그러니까...
알바는 처음이시고?
꿈쩔

여기가 마지막이라고
생각해서 온 건데...
허탈하게 떨어질 순 없어.
최대한 나를 어필해보자!

경험은 없지만!
맡겨만 주시면
정말 제 집처럼
일하겠습니다.
진심으로요!
벌떡

마음은 고맙지만...
넓은 홀을 서빙하려면
동작도 빨라야 하고,
우리 가겐 유니폼도
입어야 하거든요?
사이즈가 되려나...

은둔형 외톨이 생활로 단조로웠던 내 일상이
조금씩 변하기 시작했다.

내가 카페에서 일하게 되다니 상상도 못 했어.
두근
두근
커피♡

저랑도 같은 동네니까, 교대나 대타 필요할 때 편하지 않을까요?
사장님은 내심 나를 맘에 안 들어하시는 것 같았는데, 다 그분 덕분이야. 꼭 고맙다고 해야지.
헤헤

... 에이~ 설마! 말투랑 성격이 전혀 다른걸? 그냥 좀 비슷하게 생긴 사람이겠지~
얼굴 잘 못 외움
휴~

친해졌음 좋겠다-!
멈칫-
쉿-! 들린다~?
부러질 만하네. 불쌍한 구두.
아
그러고보니

아르바이트도 구했으니! 이제 식단을 바꿔보자! 트레이너가 분명히...
HOME MART
SALE

식단의 기본 틀은 '아침은 귀족같이, 점심은 평민같이, 저녁은 거지같이'

비만클리닉에 등록한 지 벌써 6개월. 목표 체중은 진작 달성했지만 약이랑 시술은 못 끊겠어.

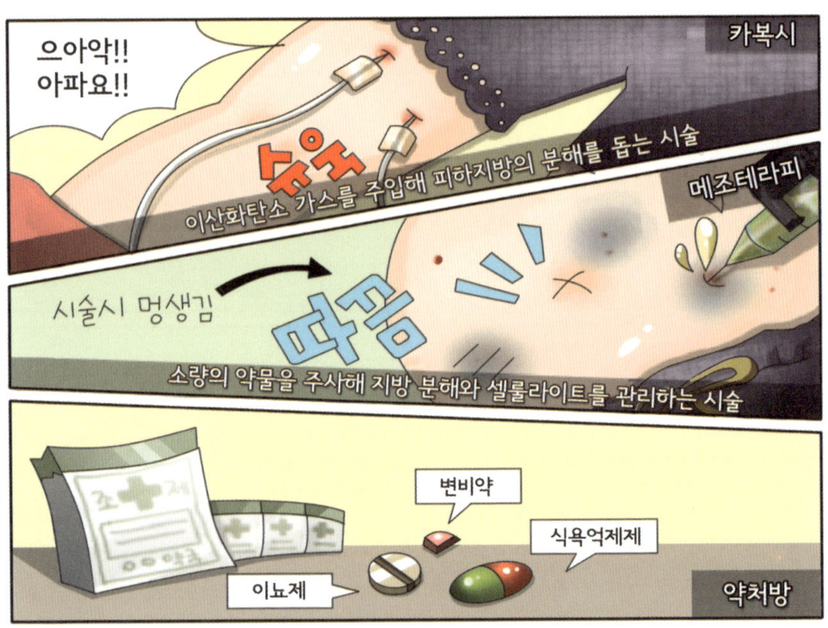
카복시
으아악!!
아파요!!
슈욱
이산화탄소 가스를 주입해 피하지방의 분해를 돕는 시술
메조테라피
시술시 멍생김
따끔
소량의 약물을 주사해 지방 분해와 셀룰라이트를 관리하는 시술
변비약
식욕억제제
이뇨제
약처방

뚱뚱
으... 난 절대로 그 애처럼 뚱뚱해지기 싫어.
예전으로 돌아가는 건... 끔찍해!
약 강도를 올려달라고 해야겠어.

🐻 양송이의 이야기

스무살. 새내기 시절의 나는 외모에 관심도 없었고 내 외모에 대한 불만도 없었다.

사람들 틈에서 반짝반짝 빛나는 그 애를 보며 처음으로 외모에 대한 **열등감**을 느꼈다.

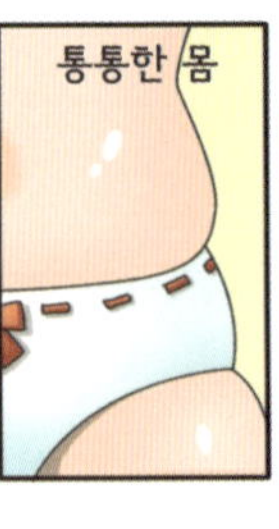
통통한 몸

여드름 흉터까지
크지 않은 키

나도 좀 꾸미면
달라지지 않을까?
머리를 바꿀까
아니면 렌즈?

자신을 꾸미는 게 서툴렀던 나는
그 애의 스타일을 참고하기로 했다.
송이야~
쿡쿡

아까 보니 너 입술색 정말
이쁘던데 뭐 쓰는 거야?

진짜? 고마워~!
나 OO틴트 써!
한번 발라볼래?
머리 바꿨네?

안 어울려...
침
울

볼터치 잘 어울린다~
어디 거야?
괜찮지? 이거 코스메숍 거!
가을 옷 사야 하는데...
넌 보통 어디서 사?
나? 보통 위즈덤숍에서 사.

이렇게 하면 너처럼 인기 있는 사람이 될 수 있을까?

같은 화장품
비슷한 구두
비슷한 스타일
엇~ 양송!
오늘 옷 이쁜데?
정말?
고마워~
다들 여기 있었네.
점심 먹었어?
안 먹었으면 같이...
그 옷...
아..
어? 둘이 옷 똑같네.
커플룩이야?

같은 옷을 입고 온 날. 깨달았다.
나는 아무리 노력해도 그 애처럼 될 수 없다는 걸...

같은 옷-
다른 느낌~
ㅋㅋ
비율
차이봐

대학 와서 처음 겪은 외모 차별. 이름이 같아 더 힘들었고,
아무리 노력해도 그 애의 맨 얼굴을 이길 수 없는 현실이 너무 슬펐다.

그 후 따라하기를 그만둔 나는 대부분의 시간과 돈을 외모에 투자했고,
전보다 훨씬 예뻐졌지만 마음은 모가 나기 시작했다.

그렇게 어느 순간 나는
내게 상처를 줬던 사람들과 똑같은 부류가 되어 있었다.

밀프렙에 도전

하지만 식단을 지키는 데 두 가지 문제가 생겼다.

첫 번째 문제. 일반식을 하는 가족들 사이에서, 다이어트 식단을 어떻게 따로 먹을 것인가?

두 번째 문제. 저녁 식사 시간에 걸쳐 있는 아르바이트. 밖에서도 내 식단을 지킬 수 있을까?

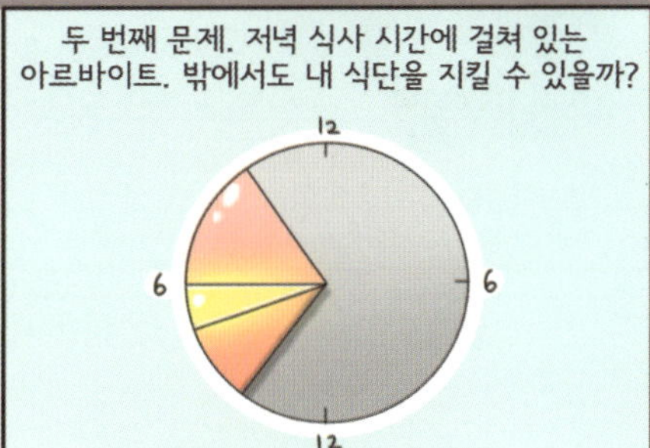

매번 엄마에게 부탁할 수도 없고, 어쩌지?

식단은 계획보다 실천이 더 힘든 것 같다.
효율적이고, 쉬운 조리법
없을까?

그러다 발견한 '다이어트 도시락 배달 서비스'
집까지 배달?
번뜩!

다이어트 도시락
▶ 좋은 재료! 저염식! 전국 배송!
식단1
식단2
식단3
서울 외 지역 월 수 금 배송
서울 지역 매일 새벽 배송
1200 Kcal SET
900 Kcal SET
행사가 98,000

세상 좋아졌네
얼?

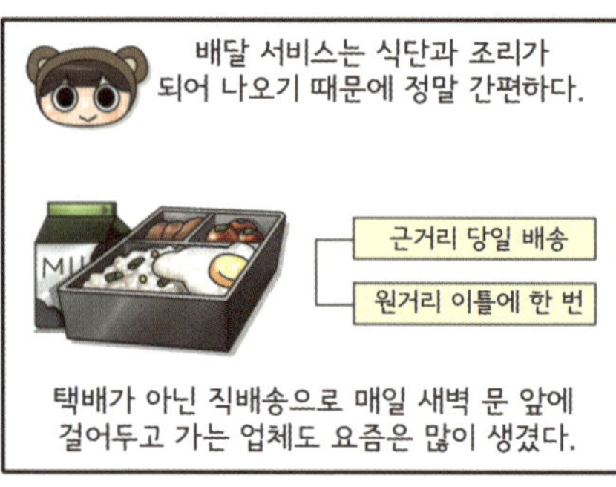
배달 서비스는 식단과 조리가 되어 나오기 때문에 정말 간편하다.
MILK
근거리 당일 배송
원거리 이틀에 한 번
택배가 아닌 직배송으로 매일 새벽 문 앞에 걸어두고 가는 업체도 요즘은 많이 생겼다.

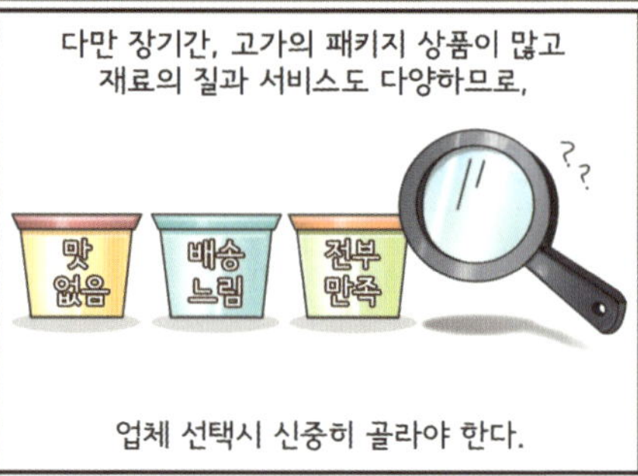
다만 장기간, 고가의 패키지 상품이 많고 재료의 질과 서비스도 다양하므로,
맛 없음
배송 느림
전부 만족
업체 선택시 신중히 골라야 한다.

단점은 직접 만드는 것보다는 비싸다는 것. (보통 하루 2식 기준, 1주일에 5~10만 원 선)
사다 만들면 훨씬 싼데...
팔랑 팔랑
백수 ➡
끄응~

나중에 알게 된 사실이지만,
이런 방법을 '밀프렙'이라 부른다고 한다.

밀프렙

한 주의 식단을 미리 준비하는 것
(Meal Preparation)

야채는 끼니별로 소분하여 냉장보관한다.
(생야채 기준 최대 3~5일)

육류는 전자레인지 용기에 소분하여 냉동하고,
먹을 때마다 해동한다.

여기에 두부, 계란, 요거트처럼 냉동이 어려운
음식들을 곁들이면 식단 준비 끝!

가족들과 따로 식단을 챙겨야 하는 다이어터나 바쁜 직장인, 자취생에게 가장 적절한 방법이다.
나는 밀프렙과 동시에 한 가지 더!

내 식이 조절의 첫 목표는 '먹는 것에 죄책감 느끼지 않고 즐겁게 먹기'
나를 위해 요리하고 예쁘게 차린 음식을 먹는 것만으로도 한 발 더 나아간 기분이야.

한 달에 1kg, 1년이면 12kg!

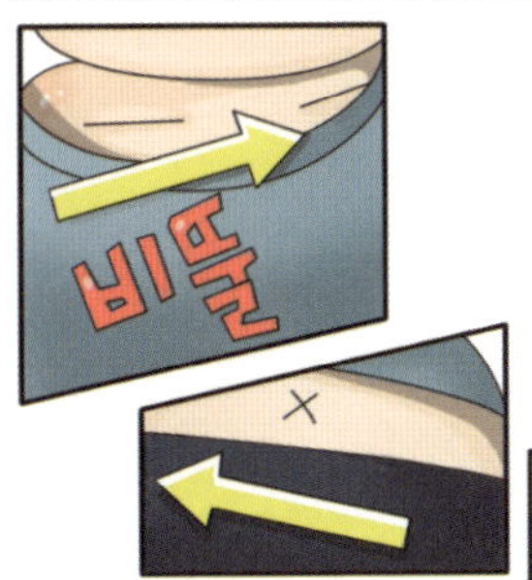

몸의 **균형**은 매우 중요하다. 이는 부분 비만의 원인이 되기도 해서, 골반 교정만으로 다이어트 효과를 보는 사람도 있다.

그러고보니 언제부턴가 다리 꼬는 게 습관이었지.
까응
목아파
구부정
조금만 오래 앉아도 허리 아픈 게
살 때문인 줄 알았는데
자세 때문이었나?

나중에 강도 높은 운동을 하면
부상의 원인이 될 수도 있으니,
미리 교정하시는 게 좋아요.
무엇보다 자세가 더 틀어지면
디스크의 위험이 있으니 체형과
자세에 더 신경 써 주세요.
깨돌뺑이라거나
스쿼트라거나...

정석 다이어트의 기본은 생활 습관을 바꾸는 것.
예를 들면 간식을 과자 대신 견과류로 대체하기.
NUT
그리고 걸을 때도 앉을 때도 바른 자세 유지하기.
익숙하지
않아서
그래요.
내에링
히...힘들어요.
이이 거북목

몸이 공복을 느끼지 않게끔 적은 양을 자주 먹고,
VITA
식단 제한으로 인해 결핍되는 영양소가 없도록,
신경 써 주세요.

물도 많이 드시구요.
최소 2리터
Bott
예쁜 물병이나 텀블러는 사소한 소품이지만,
물 마시는 데 큰 동기 부여가 된답니다.

맞어. 예전엔 무작정 굶는다고 물도 안 먹었지.
물도 살찔 것 같았는데 아니었구나.
병원도
실려가고...

아! 누워 있을 때! 벽에 다리를 붙이고 몸을 직각으로
만들어 주세요. 이렇게 한 번에 20분씩 3set!
일명 L자 다리 운동이라고, 골반 교정에 좋아요.
틈틈이 하기도 쉽구요!
L
이게
운동?

한 달에 1kg씩만 빼도 1년이면 -12kg!
올해 말까지 달성할 첫 번째 목표!
85kg까지 빼고, 헬스장에서 남성용이 아닌 여성용 운동복 입기.

눈에 잘 보이는 곳에 자신의 목표와
관련된 모든 것을 붙인다. 이것을
동기부여 벽(Motivation Wall)
이라고 한다.

수시로 여는 현관과 냉장고에도 붙여 두었다.
빵 사러 갈...
먹는만큼 뛰어라
라면먹고 싶...
먹어봤자 네가 아는 그 맛이다
덜컹~
멈칫
이렇게 하니 100%는 아니었지만
무의식적인 폭식이 전보다 확실히 줄었다.

다이어트라는 장기전에서 승리하기 위해서는
모든 것이 습관이 되게 자신을 세뇌시켜야 한다.
오늘 먹으면 내일 달려야 한다.
그래서 복학 어떻게 할래?
아르바이트 유니폼은?
자극
끄응~
참자..

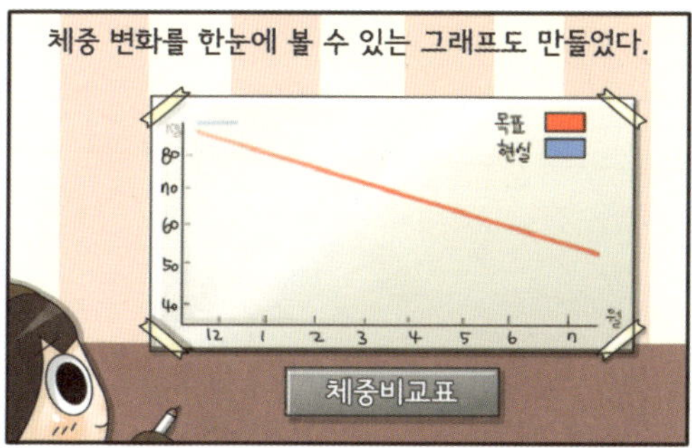
체중 변화를 한눈에 볼 수 있는 그래프도 만들었다.
목표
현실
100
90
80
70
60
50
40
12 1 2 3 4 5 6 7
월
체중비교표

스스로 컨트롤이 안 된다면 주변에 다이어트
사실을 알리고, 도움을 받는 것이 효과적이다.
나 이번엔..... 진짜 뺀다!!!!
내가 빵 먹으면 때려줘 ㅠㅠ
아몬드

그렇게 계획을 재정비하다 좋은 생각이 들었다.
바로 내 몸의 변화를 사진으로 기록하는 것이다.
사진!

100kg을 넘긴 이래로 거의 사진을 찍지 않았다.
그러다 찍은 첫 전신 사진은 내 몸의 심각성을 마주하게 해주었다.
찰
칵
경직

처음엔 귀찮았지만 점점 기록이 습관이 되고,
일기장이 쌓여가면서 동기부여 벽의 내용도 달라졌다.

꾸준히 하는 것만이 목표였던 그때는 꿈에도 몰랐다. 그것만으로도 인생이 바뀔 수 있다는 것을.

역시 사장님은 날 맘에 들어하지 않는 것 같아.

그럴수록 더 열심히 해서
뚱뚱하다고 다 게으른 게 아니라는 걸 보여주겠어!.

네, 걱정 마시고 들어가세요~
그럼 먼저 들어갈게.
에휴~

저... 사장님은 가신 거죠? 저는 뭘 하면 될까요?
이제 지웠다~
궁적
후
사장님은 거의 가게에 안 계세요. 그러니 우리 둘이 일하는 날이 거의 대부분!
방

우선 홀서빙 쪽을 해주세요. 주방 쪽 일은 제가 천천히 알려드릴게요.
굿

우선 테이블별 번호를 외우시구요. 벨이 울리면 가서 주문을 받아 오세요.
24
딩동
식사 시간엔 메뉴 중에서 음식, 음료를 하나씩 먹을 수 있어요. 당분간은 제가 만들어 드릴게요.

아! 혹시 몰라서 도시락을 싸와서 식사는 괜찮아요. 음료만...
아메리카노로 부탁드려도 될까요?
샐러드

그래서 사람들은 더 조급하게 살을 뺀다.

위험한 것은...그 절박한 마음을 이용하는 상술이 그만큼 많다는 것이다.

예전이었으면 분명 팔랑거려 넘어갔겠지만,
동기부여 벽에 적었던 목표들을 생각하면 이제 그럴 수 없다.

우린 자연히 그 주변에 모여 친구가 되었다.

그러나 밝은 얼굴 뒤로 많은 상처를 품고 있던 털로는
결국 나보다 1년 먼저 휴학하고 학교를 떠났다. 그리고 오늘의 연락.

우리라니... 아줌마!저 아세요?
내가 10kg 넘게 빼서 하는 소린데 우리 같은 사람들은 굶는 게 최고여~
억지미
ㅋㅋ

엄마 세대엔 비만이 많지 않았으니까 뚱뚱한 사람을 보는 시선이 더 안 좋았고,

그래서 시골집에 있는 매일이 스트레스였어. 그러던 중 인천에 있는 고모에게 연락이 왔지.

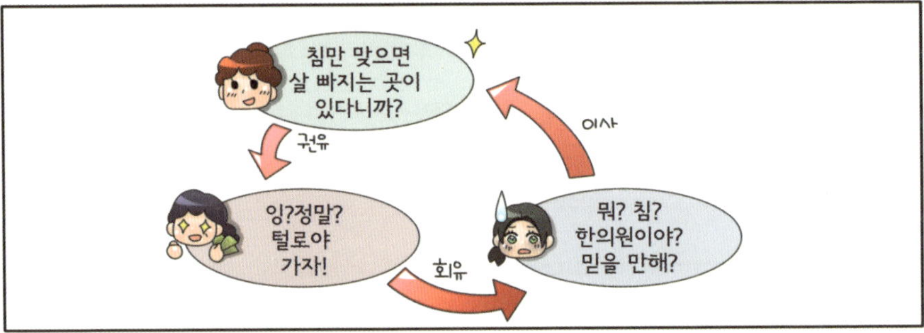

침만 맞으면 살 빠지는 곳이 있다니까?
권유
잉?정말? 털로야 가자!
회유
뭐? 침? 한의원이야? 믿을 만해?
이사

그렇게 고모의 소개로 시작한 수지침 다이어트. 그런데 거긴 한의원이 아니었어.

물도 밥도 먹지 말고 침만 맞으래. 그래놓고 침 때문에 살이 빠진 거래.

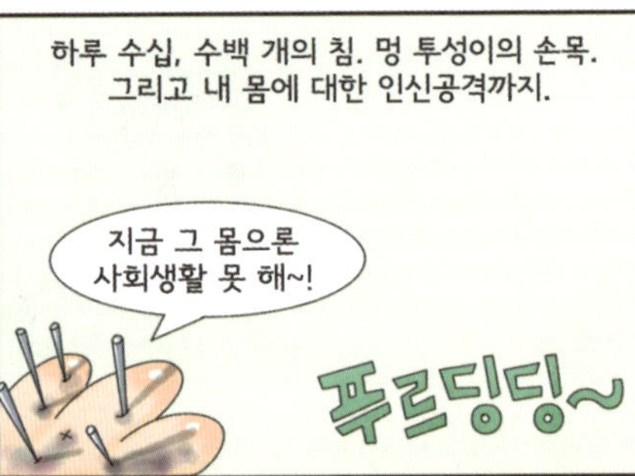

하루 수십, 수백 개의 침. 멍 투성이의 손목. 그리고 내 몸에 대한 인신공격까지.

지금 그 몸으론 사회생활 못 해~!

푸르딩딩~

소독도 안 하는 비위생적인 침을 두 달간 맞았어.

침 놓는 아줌마랑 고모 말을 믿었거든.

결과? 18Kg 빠졌어. 그런데... 이거 보여?

횅 -

태국에서 온 이 약의 부작용에 대해 찾는 건 어렵지 않았다. 방송에도 나왔던 적이 있으니까. 하지만 여전히 약을 구하는 사람이 있었고, 대부분이 **대리구매**를 통해 약을 얻고 있었다.

이런 루트는 직접 진찰 후 처방이 아니라 중간판매자가 다른 약을 섞어도 알 수 없다. 그리고 문제되는 건 약에 들어 있는 **시부트라민과 갑상선 호르몬제**

5분만 검색하면 알 수 있는 것이지만 대부분의 사람들은 이런 마음으로 약을 먹기 시작한다.

그럼에도 그런 약을 마구 처방하는 일부 병원들이 있고,
과자처럼 쉽게 사고 파는 사람들이 존재한다.
하지만 분명한 것은 **식욕억제제도 약**이라는 것이다.

그 사람들은 오지랖 떨 상대가 필요할 뿐이지. 내 인생을 책임져 줄 생각으로 하는 말이 아니었는데...

날씬한 몸은 노력의 결과

나처럼 뚱뚱한 사람만 하는 게 다이어트라 생각했는데
나보다 마른 사람들도 엄청 관리하고 스트레스받고 있구나.

노력도 노력이지만, 자신의 몸을 정말 아끼고 사랑하는 듯한
트레이너의 말은 큰 자극이 되었다.

그러고보니 헬스장엔 남녀노소 다양한 사람들이 있었다.
칠순을 앞두고 GX수업(에어로빅)을 듣는 할머니도 계셨지.

역시 다이어트의 주 목적은 **자기만족**과 **건강**인 것 같아.

그렇게 조금씩 은둔하던 시절과 다른 생활을 해나가면서 조금씩 자신감이 붙었다.
하지만 폭식 충동은 지뢰와도 같아서...

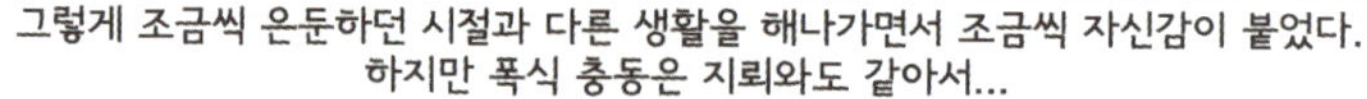

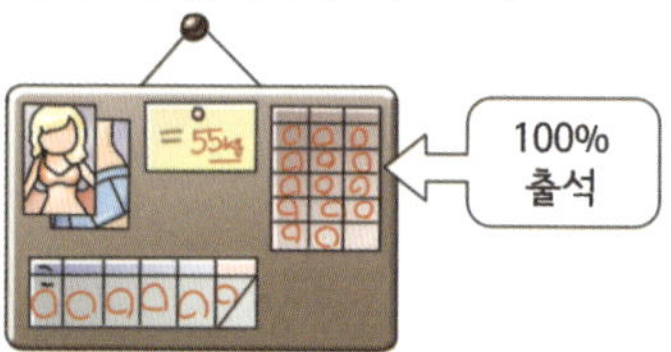

잘나가다가도 매우 사소한 계기에 터져버리곤 한다.

날씬한 연예인과 치킨 중 치킨만을 인식하는 나.

으~ 참자! 분명 쟤들도 찍을 때만 먹고 관리할 거야.
꼬르록

대리만족을 위해 먹방과 음식 사진을 보았지만 오히려 식욕만 커지는 것 같았다.
제가 한번 먹어보겠슴다.
퍽퍽한 닭가슴살 말고 치킨을 줘!!!
앙앙
정말 먹고 싶으면 그냥 먹고 운동하는 게 낫다. 억지로 참을수록 커지는 게 식탐이기 때문이다.

잠시 후

뭐?!
버거왕에서 연말까지 와퍼랑 콜라가 3,500원?!

SHUT UP AND
TAKE MY MONEY!

보통 사람들은 햄버거가 먹고 싶으면
햄버거 하나로 만족한다. 그러나 나 같은 경우는
1 + 1
행사 상품에 민감하고, 신상이나 입소문 난 음식은
무조건 먹어봐야 직성이 풀린다.

1+1이라고?
여러 개 사서
쟁여두자!
당장은
다 못 먹어도
언젠간
먹을 거니까.

더 무서운 것은 이렇게 먹게 되면
어차피 오늘은 망했으니 기왕 먹는 거 왕창 먹자
라는 극단적인 생각으로 이어진다는 것이다.

와퍼세트랑
웨지감자.
치킨 한 마리.
또 뭘 먹지?
엄마 오기 전에
몰래 해치우자!
두근
두근

그러나 다이어트를 하는 많은 사람들을 보았고,
목표 55kg
-5kg

숙여도 배 때매
발이 안 보여.
머뭇
은둔하며 잊고 지냈던 내 몸을 객관적으로 보게
되면서 조금은 달라진 것 같다.

포기만 하지 않으면 극복 가능한 **실수**도
포기하는 순간 **실패**가 된다.

다이어트가 작심삼일로 끝나는 가장 큰 이유는
'실수'의 단계에서
'실패'라 생각하고 모든 것을 놓기 때문이다.

01. 무리해서 참지 않아요.
- 참았다 터지면 과식으로 끝날 일이 폭식이 되어버려요.

02. 집에서 혼자 먹지 말고 다른 사람과 함께 먹기.
- 수다, 쇼핑 등으로 칼로리 소모 및 기분 전환 효과
- 집에서 혼자 몰래 폭식하는 것이 가장 위험해요.

03. 기왕 먹는 것이니 죄책감 버리고 즐기기!

STEP 3

전보다 적게 먹고 헬스도 꾸준히 나가는데도 이상하게 하는 거에 비해 별로 안 빠진 것 같아요.
턱살도 그대로...
후

원래 자기 몸은 매일 보는 거라 빠져도 체감이 안 되긴 해요. 체중 재 봤어요? 그게 확실하잖아.
으음...

아뇨. 일주일 전에 재고 아직 안 재봤어요. 트레이너랑 약속한 게 있어서...

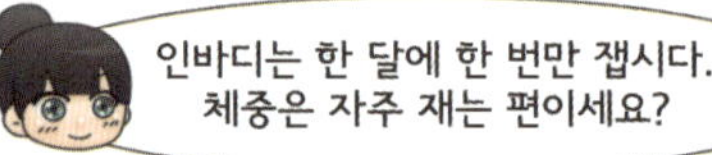
인바디는 한 달에 한 번만 잽시다. 체중은 자주 재는 편이세요?

불안해서..
네. 거의 하루 여섯 번? 뭐 먹을 때마다 올라가요.

그렇다면!! 이제부터는 일주일에 한 번만 올라가세요.
체중에 대한 집착과 압박감이 클수록 다이어트가 더 힘들거든요.
래요. 저랑 반대로 체중에 대한 압박을 덜 받는 사람은 자주 올라가는 게 오히려 자극이 되어서 더 좋다는데 사람마다 맞는 방법이 다 다른가봐요.
나도 한 시간마다 올라가는뎅...
궤 바 궤

...그러고보니 사장님은 잘 안 보이시네요?
안 와서...

보고만 있어도 가게가 꽉 차는 느낌이라 오기 싫으시대요.
뭐..등등... 네빠산가뵤?

사장님이 날 내켜하지 않는 것은 알고 있다. 그만큼 열심히 해서 사장님의 편견을 깨줄 테야.
딩동
22
엇!주문..
제가 다녀올게요!

커피숍 알바를 하며 좋았던 점이 두 가지 있다. 서빙 알바라 생활 속 운동이 된다는 것.
긴장→
꿀
꺽

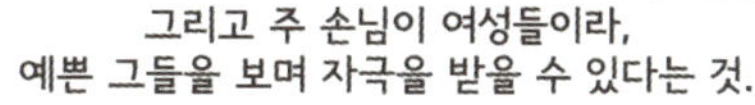

그리고 주 손님이 여성들이라, 예쁜 그들을 보며 자극을 받을 수 있다는 것.
미니스커트. 핫팬츠. 탄탄한 몸매. 다른 또래들에겐 일상인 것이 나에겐 이상.

나에게도 저렇게 될 날이 올까?

주문 확인하겠습니다. 카페모카 두 잔에 아이스크림 와플. 한 잔은 휘핑 빼고 맞으시죠?
네~
찰칵
찰칵

반대로 그들에게 나는 절대 닮지 말아야 할 존재
오빠, 내가 살쪄서 저렇게 되면 나랑 헤어질 거지?

그리고 한 시간 후... 나는 GX실에서 기어 나왔다.

남들이 하는 만큼이 아닌, 내가 할 수 있는!

그런데 아주머니, 할머니들의 유연성은 상상을 초월했다!
훗-
적별
매우 평온
쓰윽
내가 할 수 있을까...
어머~ 새로 오신 분이 있네요. 초심자가 있으니 오늘은 가볍게 몸 풀기 중심으로 수업하죠!
그런데...
자세를 유지하는 것만으로도 몸이 후들. 그래도 남들은 다 따라하니까
능력치
한계
능력치
한계
나도 그만큼은 해야 한다는 생각에 열심히 했다.
비틀
비틀
갑자기 눈앞이 깜깜해졌다.
어질~
뭐지...
정말 쓰러질 것 같아. 안 되겠어! 일단 나가자!

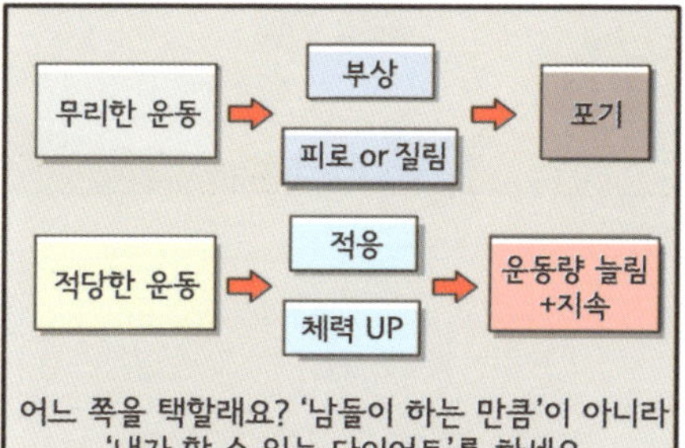

어느 쪽을 택할래요? '남들이 하는 만큼'이 아니라 '내가 할 수 있는 다이어트'를 하세요.

특히 요가는 단기간에 효과를 보는 운동이 아니에요. 무리하지 말고 천천히 하다 보면 분명 놀라울 만큼 유연성과 몸이 달라져 있을 거예요.

남을 의식하지 말자고 다짐하며 집에 가려던 찰나 트레이너에게 청천벽력같은 소식을 들었다.

보조제는 보조제일 뿐이야

잠시 후

먹기만 하면 지방은 쏙 빼주고
근육은 늘려준다는 마법 같은 말.

세트로 먹어야 더 효과적이란 말에
넘어간 나는 파우더와 티 세트를 질렀다.

오늘 반가웠어요~
드셔 보시고 다른 제품도
생각 있으면, 연락 줘요~
내 덕에 단골고객
확보하겠네. 뭐 없냐?
넵
소곤ㅋㅋ

닭가슴살, 현미밥 대신 쿠키맛 파우더로 하루 두 끼를 대신하는 복용법.
3일 만에 3kg이 빠졌으나
주룩
간과하고 있던 한 가지.
내 식탐이 남들보다 위대하다는 것.

맛은 있는데
계속 먹으니
질려.
바삭 매콤한
치킨이
먹고 싶다!
으으으!
윽-

기다렸다는듯 폭식이 터졌다.
결국
패배
아오-!!
이맛이야

보조제는 다이어트 식단에서 맛보기 힘든
여러 달콤한 맛을 제공한다.
그치만!
우리도 가공
식품이죠.
Ex)초코, 쿠키,
밀크 등등

이 외에도 여러 장점이 있지만 보조제는
보조제일 뿐 만능 다이어트 해결사는 아니다.
시간절약
영양보충
충동적으로 구매하고 노력 없이 의존한다면
후회할 확률이 높다.

3일간의 식단을 보며 한 가지 생각이 들었다.
파우더가 들어간 자리에 다른 음식이 들어간다면 어땠을까?

아 침	쿠키파우더 우유	아 침	쿠키파우더 우유	점	
점 심	현미밥, 멸치볶음 땅콩조림, 미역국	점 심	현미밥, 고등어 시금치무침	점 심	참치 샐러드 블루베리
저 녁	쿠키 파우더 두유	저 녁	밀크 파우더 두유	저 녁	치킨... ㅜㅜㅜ

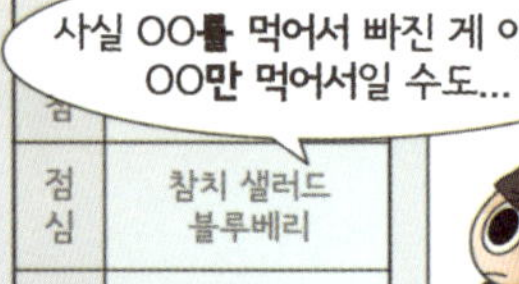

(*정확한 표현은 체성분 검사. 인바디는 검사 기기의 제조 회사명이나 고유명사처럼 쓰이고 있다.)

다음 날
결국 어제 축정 못 했어.
축정이 완료되었습니다.
딩동
어머나~!!
8kg이나 감량하셨어요!
대단하시네요. 이거 보세요.
8kg이요? 정말이에요?!
먼저! 인바디 보는 법을 알려드릴게요.
체중, 골격근량, 체지방량 각 항목의 끝에
점을 찍고 선으로 이어 보세요.
C
C자형 (비만)
근육은 적고 지방은 많은
과체중. 건강에 가장 안 좋음.
역 C자형 (마른 표준)
근육은 많고 지방은 적은 몸.
가장 이상적인 건강한 몸.
I
일자형 (표준)
체중, 근육, 지방이 일자를
이루는 보통 체형의 몸.
체 지 방 량 (kg)
Body Fat Mass
비 만 진 단
측정항목
표 준 이 하
표 준
80%   85%   90%   95%   100%   105%
신   장 (cm)
Height
체   중 (kg)
Weight
60%   70%   80%   90%   100%   110%   120%
근 육 량 (kg)
Soft Lean Mass
44.8
체 지 방 량 (kg)
Body Fat Mass
20%   40%   60%   80%   100%   160%   220%
체 지 방 률 (%)
Percent Body Fat
Male   0%   5%   10%   15%   20%   25%
Female   8%   13%   18%   23%   28%   33%
복부지방률
Waist-Hip Ratio
Male   0.65   0.70   0.75   0.80   0.85   0.90
Female   0.60   0.65   0.70   0.75   0.80   0.85
0.93 복부비만
좌우
균형
상
하
체
체
설명 들으니까 보기 더 편한 것 같아요.
그러니까... 비만인 저는 C자 형태 맞죠?
부종지수
정상 = 0.30~0.35
체 중 조
적정체중
전 담
표 준 이 하
표 준
표 준 이 상
100%   120%   140%   160%
오   른
Right Arm
1.77
1.82

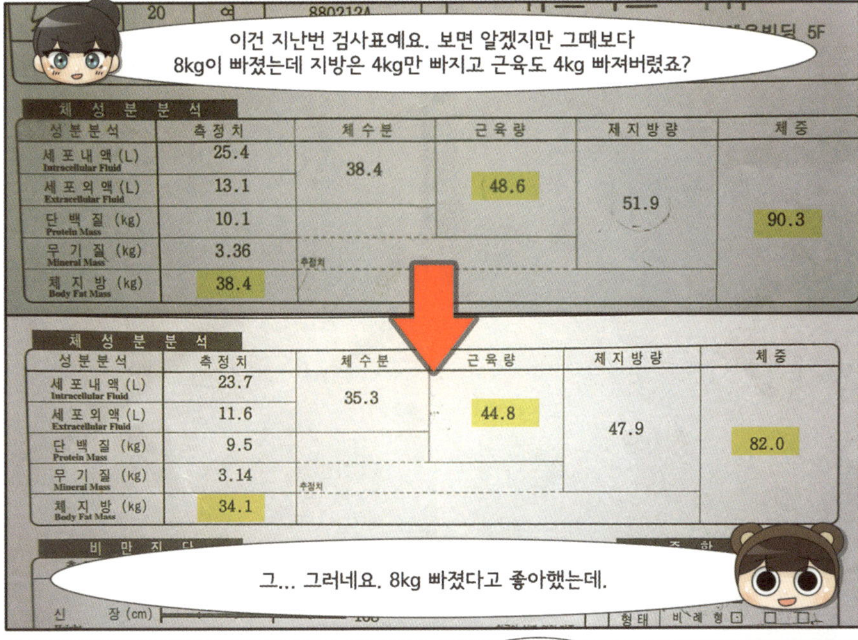

체 성 분 분 석					
성분분석	측정치	체 수 분	근육량	제지방량	체중
세 포 내 액 (L) Intracellular Fluid	25.4	38.4	48.6	51.9	90.3
세 포 외 액 (L) Extracellular Fluid	13.1				
단 백 질 (kg) Protein Mass	10.1				
무 기 질 (kg) Mineral Mass	3.36	추정치			
체 지 방 (kg) Body Fat Mass	38.4				

체 성 분 분 석					
성분분석	측정치	체 수 분	근육량	제지방량	체중
세 포 내 액 (L) Intracellular Fluid	23.7	35.3	44.8	47.9	82.0
세 포 외 액 (L) Extracellular Fluid	11.6				
단 백 질 (kg) Protein Mass	9.5				
무 기 질 (kg) Mineral Mass	3.14	추정치			
체 지 방 (kg) Body Fat Mass	34.1				

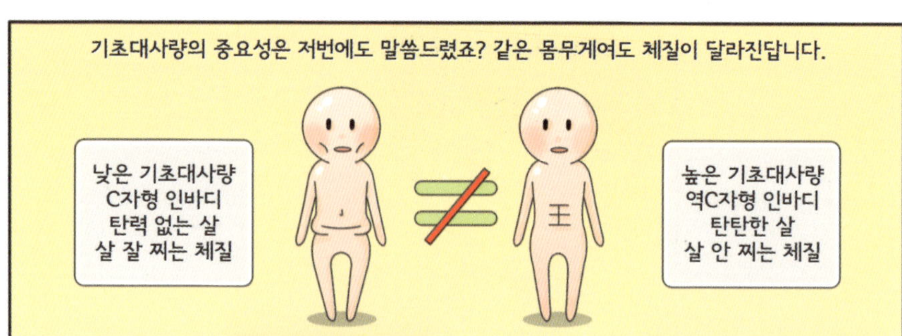

기초대사량의 중요성은 저번에도 말씀드렸죠? 같은 몸무게여도 체질이 달라진답니다.
낮은 기초대사량
C자형 인바디
탄력 없는 살
살 잘 찌는 체질
≠
높은 기초대사량
역C자형 인바디
탄탄한 살
살 안 찌는 체질
王

당장은 근육이 늘어 숫자는 변하지 않을 수도 있어요. 그렇지만 장기적으론 잘하고 있는 거니 체중에 연연하지 마세요~

뿌듯-

아, 인바디보다 더 정확한 게 하나 있어요.
뭔데요?
반짝

바로 눈.바.디랍니다.
거울에 비치는 내 모습이 만족스러우면 그게 제일 성공적인 다이어트예요.
눈바디라... 그래. 내 눈과 노력의 시간을 믿어볼래.

한 달간 고생한 나를 위해 갖기로 한 치팅데이

치팅데이

보디빌더들이 제한된 식단에서 벗어나
7-10일 간격으로 제한된 음식을
자유롭게 먹는 날에서 유래

*** 치팅데이 = 폭식의 날? NO!**
흔히 폭식을 막기 위해 갖는 보상의 날처럼 알려져 있으나, 사실 보디빌더들이
효과적인 근력운동을 위해 탄수화물을 섭취하는 방법이다.
그러므로 **치팅데이란 이유로 폭식을 합리화해서는 안 된다.**

쇼핑은 안 좋은 기억뿐일 텐데...

미칠이와 나는 새로 생긴 디저트 카페에 갔다.

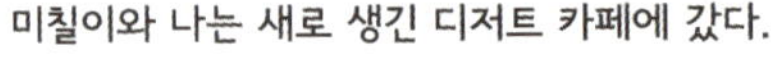

예전이었으면 혼자 가서 4~5만 원어치를
쓸어 담고 집에 와서 와구와구 먹었을 테지만,

음료는 다이어터니까 아메리카노로!
이게 무슨 햄버거세트 먹으면서 제로칼로리 콜라 먹는 소리여.
데헷
수북~

지금은 진심으로 나를 걱정해 주고, 자제력을 잃었을 때 말려주는 사람들이 있다.
2개만 남겨 놓고 다 갖다 놔!
니예 니예

동대문 A쇼핑몰
여긴 빅사이즈 매장도 있으니까 쭈구리처럼 굴지 말고 당당하게 쇼핑하자. 좀 빠졌으니 이제 36인치 정도는 맞겠지?

와 이 니트 이쁘당!!
언니~
귀엽네.

딱 이쁜 루즈핏일걸요?
헐렁해서 어벙해보이진 않겠죠?
입어봐~ 한번!

언니가 늘씬하니 옷도 비싸보이네. 특별히 3만 원에 줄게요!
우왕! 편하네요. 이거 주세요!
빙글
GooD

날씬하면 어떤 옷도 잘 어울리지만, 반대로 뚱뚱하면 옷에 대한 선택의 폭 자체가 좁아진다.
FREE
44
55
66
ㄲ
쇼핑시르다~
힝
루즈핏이 유행인 요즘은 프리사이즈 옷도 많지만 일반적인 프리의 기준에서 나는 예외다.

똥똥하다는 이유로 무시당했던 그날의 상처와 충격은 아직도 선명하다.

하지만 나는 전처럼 도망치지 않고 당당히 빅사이즈 매장으로 향했다. 그리고 36인치의 예쁜 치마를 전리품으로 안고 왔다.

다이어트 시작 후 장바구니가 달라졌다.
인스턴트와 가공식품은 빼고 신선식품을 담는다.

또 하나 고려하는 것이 GI 지수.

현미밥은 쌀밥보다 열량이 높지만
GI지수가 낮고 식이섬유와
섬유질이 풍부해서 포만감이 더 오래간다.

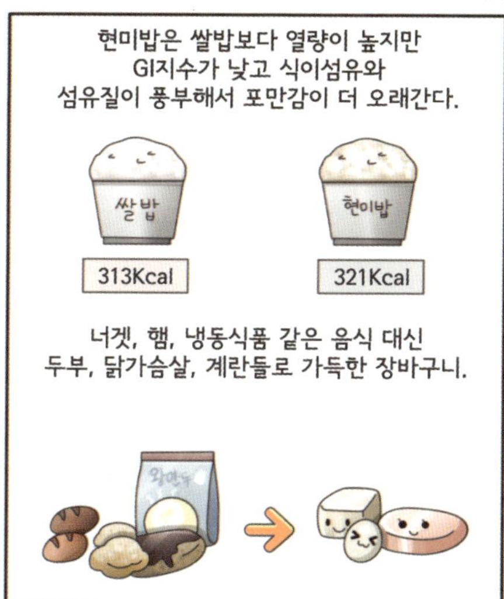

너겟, 햄, 냉동식품 같은 음식 대신
두부, 닭가슴살, 계란들로 가득한 장바구니.

다 좋은데 닭가슴살 구우니까 눌러붙고
너무 번거롭네. 다른 방법 없을까?

하나 더!! 식단에서 소금과 밀가루는 최대한 줄이고 있다.
염분이 부종과 하체비만에 최악이라는 말을 들었기 때문이다.

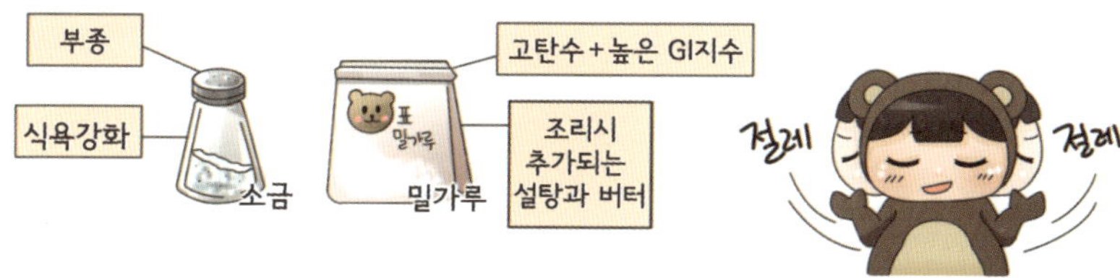

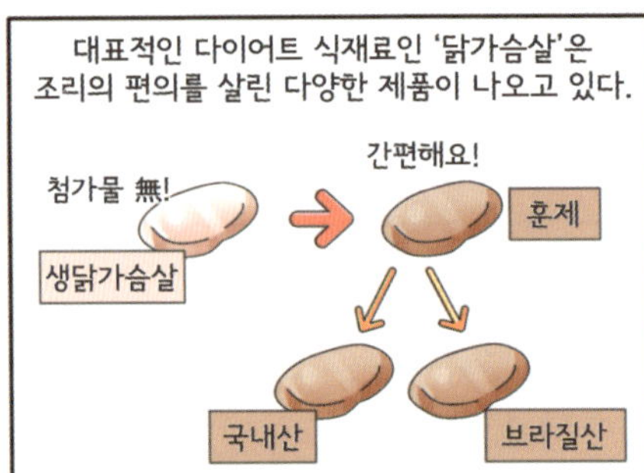

대표적인 다이어트 식재료인 '닭가슴살'은 조리의 편의를 살린 다양한 제품이 나오고 있다.
첨가물 無!
생닭가슴살
간편해요!
훈제
국내산
브라질산

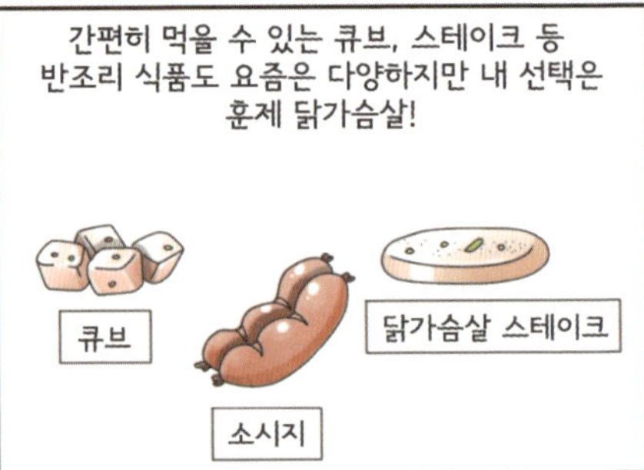

간편히 먹을 수 있는 큐브, 스테이크 등 반조리 식품도 요즘은 다양하지만 내 선택은 훈제 닭가슴살!
큐브
소시지
닭가슴살 스테이크

염분이 있지만 꾸준히 할 수 있다면 약간의 타협쯤은 괜찮겠지?.

W.C
찝 찝
아! 맞다... 마트 온 김에 생수랑 요거트도 좀 사가자. 먹는 양이 줄어서 그런가 지난 주부터 변이 시원치 않아...흑

생수도 꼭 사는 물품 중 하나. 최소 하루 2L(=약 8잔)의 물을 챙겨 마시려 노력하고 있다.
요즘은 물섭취량을 관리해 주는 건강 어플도 많답니다.
OK
x8

생수는 샀고, 이제 요거트랑!
드레싱을 사야 하는데 종류가 왜 이리 많아.

어? 안녕하세요?!

헬스장 밖에선 처음 뵙네요.
엇... 안녕하세요!
스캔중...
드레싱이요? 거의 생으로 먹는뎅... 요거트도 직접 만들어 먹구요.
집에서 만드는 거 어렵지 않아요! 저처럼 메이커를 이용하거나 직접 배양하면 된답니다. 첨가물 걱정 없이 먹을 수 있다는 게 홈메이드 요거트의 장점이죠.
카스피해 유산균
티벳버섯
꿀은 조금만 넣어야징

취향에 따라 견과류나 과일과 함께 먹으면 한 끼로 든든!
시판제품도 성분 (+첨가물) 체크만 잘 하면 나쁘지 않아요.

그런데... 드레싱은 정말 아예 안 드세요?
무첨가 요거트로 골랐어요!

거의 그렇긴 한데... 요새는 두부 마요네즈를 자주 해먹어요.

재료는 두부, 견과류, 식초와 꿀을 취향에 따라 가감해서 믹스!
위잉
두유나 포도씨유를 넣으면 더 부드러워진대요.

코티지 치즈라고,
우유와 레몬즙을 약불에 살살 끓여 만드는 치즈예요.

우유가 순두부처럼 몽글몽글해지면 면보에 넣고 꾹 짜는 걸로 완성!
저는 시판 치즈 대신 이걸 먹어요.

어잉음슴
음식 고를 때 칼로리만 보죠?

그게 왜요?
칼로리가 전부는 아니잖아요. 다른 것들도 고려해야죠.
영양소
첨가물
GI
kcal
나트륨

나트륨 하루 제공량 90%의 저칼로리 누들이 저염식 웰빙 식단은 아니죠.
쿠웅
!

아 그리고 1회 제공량의 함정도 조심하세요. 이 시리얼 좀 봐요.

1회 제공량(=40g)에 150칼로리. 여기서 40g이 어느 정돈지 생각해 봤어요?
우유 칼로리
?

시리얼은 원래 대접에 먹는 거 아니에요?
가득
한번에 한사발이니까
그게 40g이겠지
어이
없음

틀렸어요! 바로 이만큼이 40g! 그동안 대접에 먹었으면 한 끼에 500칼로리는 넘었겠네!
종이컵
머엉-

이 1회 제공량의 함정은 과자, 음료수일수록 더 신경 써서 보세요.
150kcal라서 산 과자가 알고보니 600kcal~

한번 뜯은 과자를 남기는 게 가능해요? 너무 비현실적이다!
푹-
말도 안됨

뭐 그렇다고 너무 스트레스 받지 말고, 적당히 먹어 주세요.
그래도 알고 먹는 거랑 모르고 먹는 거랑 다르니 신경은 쓰시라구 알려드리는 거예요.

이렇게 옆에서 1:1로 조언받으니 정말 좋네요.
장보기 대성공
총총
SALE
M
?

운동을 확실히 배우면서 시작하고 싶다면 추천하고요.
혹시 나중에라도 받고 싶은 마음이 든다면...

이 세 가지를 잘 고려해서 결정하세요.

아! 저는 PT회원이랑 일반회원 차별하고 그런 거 없으니까 괜히 소심하게 굴지 마시구요. 운동하다가 자세나 궁금한 거 있으면 **적극적**으로 물어보세요. 건강하고 즐겁게 운동할 수 있도록 도와드리는 게 제 일이고 보람이니까요!
든든

쩌지
잉
헐 감동

그럼 내일 헬스장에서 만나요!
넵! 더 열심히 할게요!

물어보면 다 알려주겠다곤 하셨지만,
…

저렇게 바쁜데 어떻게 물어봐…
그냥 혼자 해야지.
죽기야 하겠어?
한번더!
P.T中→
크흡

…저거나 해볼까?
어릴때 종종 했었지.
거꾸리
일명 물구나무서기 기구

사…ㄹ…려 주세요!
트레이너 강제 소환
어떻게내리죠..
후다닥

잘못된 자세로 운동하다
부상 입음 어쩌려구 그래요?
자세가 틀리면 운동 효과도
별로예요! 그러니까 그냥
궁금하면 물어보세요.
혼자 낑낑대지 말구요.
에휴—

…그럼 오늘 한번에
풀 코스로 기구
사용법 좀 알려주세요.
초롱
초롱

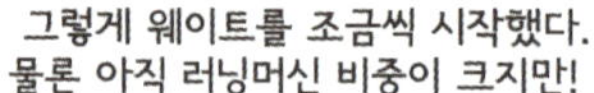
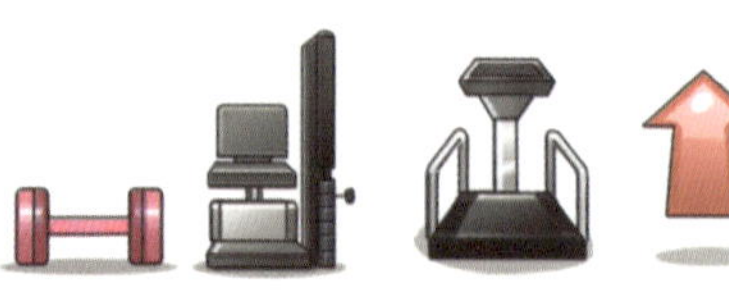

그렇게 웨이트를 조금씩 시작했다.
물론 아직 러닝머신 비중이 크지만!
처음 할 때보단 체력이 늘어서,
30분 이상 러닝머신을 타도 무릎이 안 아파.

축 늘어졌던 살도
전보다 좀 덜하구!
출렁~
탱탱
BEFORE

키 반납이요.

어... 왜 아직도
남자 운동복 입으세요?
이제 여자 거 입으셔도
될 것 같은데?
男

우왓!! 진짜 좀 빠졌나봐!
100Kg 넘어간 후부터는
거울을 거의 안 보고 살았는데...

...어머
이게 뭐야?

그것은 바로 튼살이었다.

튼살
피부가 과도하게 늘어나면서 섬유들의 결합이
파괴되며 발생하는 흔적
언제부터
이렇게 생겼지?
우글우글...
보기 흉해.

출산으로 생기기도 하지만
급격한 체중 증가도
튼살의 원인이다.
세상에
팔도
텄어?
후읍

80kg이었던 고등학교 때도
빨간 튼살이 있긴 했지만
보통 초기
튼살은 빨갛다
20kg을 빼자 사라졌다.
그런데 대학에 와서
요요로 40kg이 찌면서
흰색 튼살이 퍼져 나갔고

하얀 튼살은 전과 달리 사라지지 않고
살을 뺄수록 모여들어 더 선명한 흉터가 되었다!
옆구리, 허벅지, 겨드랑이, 무릎 뒤쪽까지 전부!

이게 뭐야... 튼살 흉터는
살 빼도 남는다던데...
내가 아무리 죽어라 다이어트해도
연예인들처럼 매끈하고
깔끔한 몸은 가질 수 없단 거잖아.
안절
부절

그나마도 온몸의 살이 하얗게 튼 나는
너무 심해 추가 시술을 받아야 할 수도 있단다.

백수에겐 부담인 가격.

모태마름이었던 엄마는 만삭 때도 60kg을 넘지 않았다.
또 믿어지지 않겠지만 미숙아에 가까웠던 나는 **역아**였다.

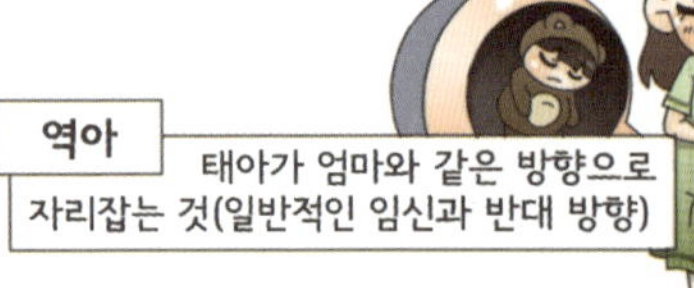

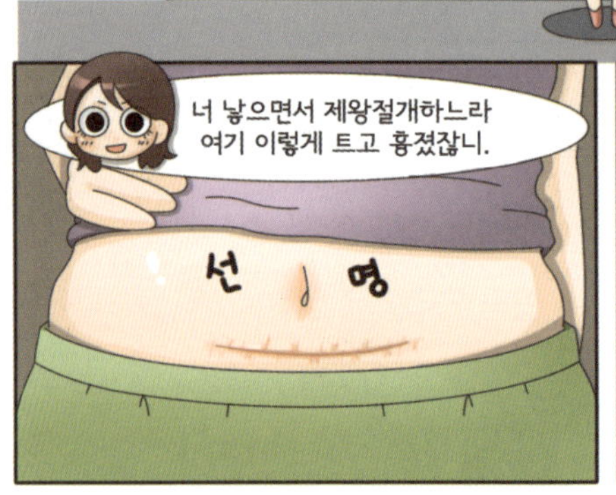

사실 그때는 훈장이란 말이 와닿진 않았다.

스포츠브라?

…
뚝
뚝

운동할 때
입을 속옷이 없어.
철푸덕

너 스포츠
브라 안 입어?
울 언니는
입던데?
뭔노리야
?

초6
감수도 창~
ㅋㅋ
스.포.츠.브.라?!
그거 어릴 때나 입는 거 아냐?
초딩 때 입던 건데. 풉~

? 스포츠브라가 왜 스포츠브라겠어.
운동용으로 만들어진 속옷이니까 그렇지.
따갑고
쪼잉
후크걸리적
일반 브라
말끔
가볍
스포츠 브라

일반 속옷의 불편한 요소들이
최소화되어 있고 탄력 있는 소재로
가슴을 잡아줘서 격한 운동에도
충격과 떨림을 완화시켜 준다구!
으쌰
으쌰

요가나 필라테스처럼 정적인 운동을 할 땐
어깨끈이 가는 가벼운 형태의 스포츠브라가 좋다.

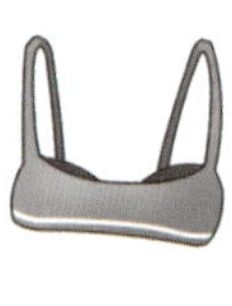

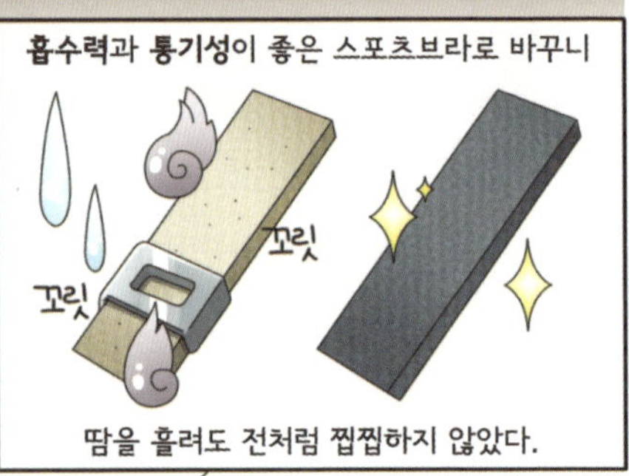

그 다음으로 **대흉근(가슴)** 운동 중 가장 널리 알려진 푸시업인데요. 이것도 자세가 중요해요.
손목이 꺾이지 않게 또 엉덩이가 위로 쑥 나오지 않게끔 주의해 주세요.

꼭 필요한 운동용품만!

트레이너 말대로 정말 에어가 터져 있었다.
헉! 진짜네.
피슈욱~

얼마 전에 산 건데 벌써...내가 뚱뚱해서 그러나?
아오 내 돈...
어차피 잘 터진다면 저렴한 실내화 신고 뛰다가 자주 바꾸는 게 더 이득이겠어. 싼 거로 내일 하나 사야겠다.
데헷~

슬리퍼 신고 뛸 거예요? 물집 잡히고 싶어요? 발이 얼마나 중요한데!
몸의 무게를 지탱한다구요
단호

그치만 무슨 신발을 사야 할지도...

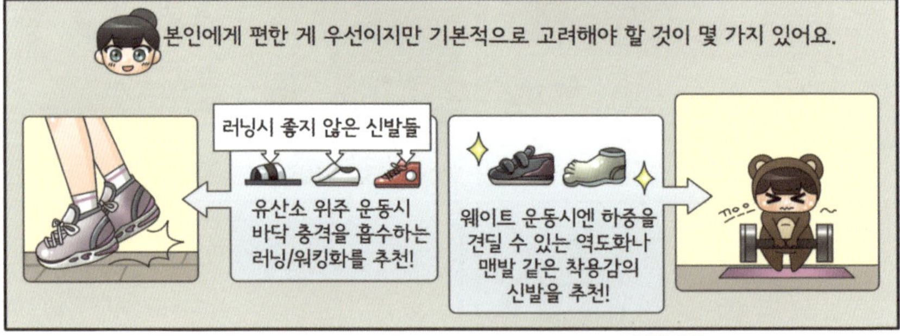

본인에게 편한 게 우선이지만 기본적으로 고려해야 할 것이 몇 가지 있어요.
러닝시 좋지 않은 신발들
유산소 위주 운동시 바닥 충격을 흡수하는 러닝/워킹화를 추천!
웨이트 운동시엔 하중을 견딜 수 있는 역도화나 맨발 같은 착용감의 신발을 추천!
끄으으

종류가 정말 많네요~!

그쵸? 운동용품도 찾아보면 사고 싶은 거 정말 많다니까요~

그 말 그대로였다.
뭐든지 사면 날씬해질 것 같아.
흐뭇
흐뭇

지름신 작렬
어머 이건 사야 해!

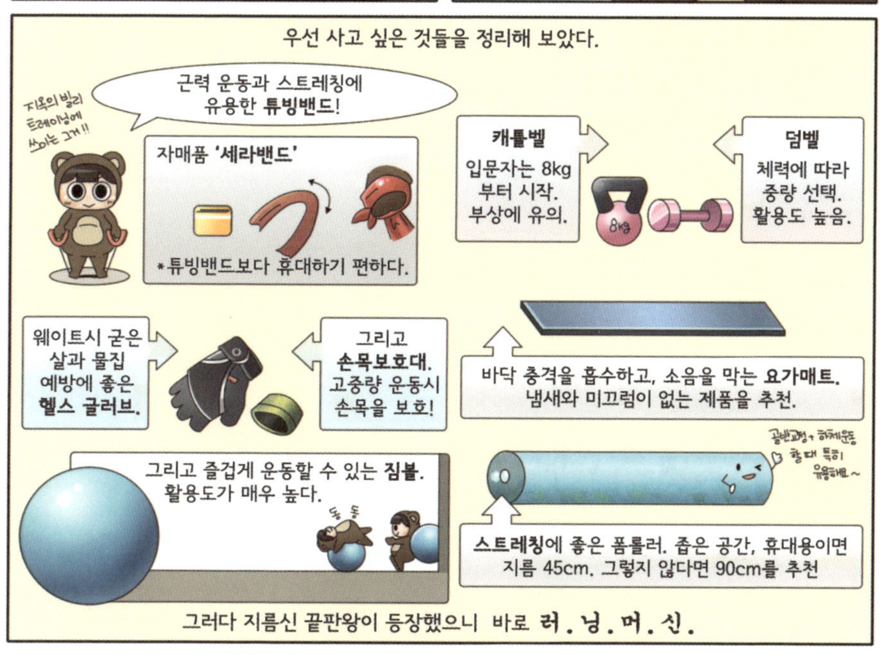

우선 사고 싶은 것들을 정리해 보았다.
근력 운동과 스트레칭에 유용한 튜빙밴드!
지옥의 빌리 트레이닝에 쓰이는 그거!!
자매품 '세라밴드'
*튜빙밴드보다 휴대하기 편하다.
캐틀벨
입문자는 8kg 부터 시작. 부상에 유의.
8kg
덤벨
체력에 따라 중량 선택. 활용도 높음.
웨이트시 굳은 살과 물집 예방에 좋은 헬스 글러브.
그리고 손목보호대. 고중량 운동시 손목을 보호!
바닥 충격을 흡수하고, 소음을 막는 요가매트. 냄새와 미끄럼이 없는 제품을 추천.
그리고 즐겁게 운동할 수 있는 짐볼. 활용도가 매우 높다.
둥 둥
골반교정 + 하체운동 할때 특히! 유용해요~
스트레칭에 좋은 폼롤러. 좁은 공간, 휴대용이면 지름 45cm, 그렇지 않다면 90cm를 추천
그러다 지름신 끝판왕이 등장했으니 바로 러.닝.머.신.

사면 아무 때나 운동할 수 있잖아.
엄마 아빠도 할 수 있구 헬스에 돈 안 써도 되고~
장기적으론 사는 게 이득이지 않을까?
?!

엄마 말을 듣고 많이 반성했다.

아직 무리한 운동은 하지 않기 때문에
딱 필요한 것만 사기로 했다.

몸을 만드는 것은 돈이 아니라 **시간과 노력**이니까.

언니랑 친해지긴 했지만 저럴 땐 무서워.
몸매에 대한 기준이 너무 야박하달까.

몸매 좋은 사람에 대한 감정이 질투보단 동경인 것도
그 기준을 맞추는 게 얼마나 힘든지 알기 때문!
폰 배경 해놓고
치킨 당길 때마다 볼래.
흥-!
우와! 예쁘다.
저 정도로 빼려면
얼마나 걸릴까?
우와-

나도 몸에서 뱃살만 떼어
누구 줄 수 있었음 좋겠다.
배만 ET처럼 쪘잖아.
무슨? 날씬한데
뺄 곳이 어딨다고.
정색

내가 입고 싶은 옷들은
다 날씬해야 핏이 나오거덩.
20대 가기 전에 한번 입어봐야지.

...왜 나만 뚱뚱해서
이 고생하나 싶었는데 다들
나름의 콤플렉스가 있구나.
터덜
터덜

...그러고보니
전체적으로 뚱뚱하니까
신경을 못 썼는데...
멍-

살에 묻혔던 이목구비와 몸의 비율이
살이 빠지면서부터 조금씩 드러나고 있다.

그 덕에 나는 깨달았다.
내가 지금 심각한 하.체.비.만.이라는 것을!!!
철푸덕

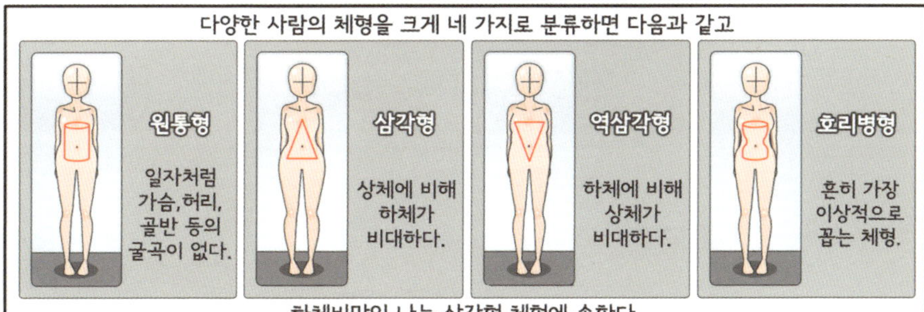

다양한 사람의 체형을 크게 네 가지로 분류하면 다음과 같고
원통형
일자처럼 가슴, 허리, 골반 등의 굴곡이 없다.
삼각형
상체에 비해 하체가 비대하다.
역삼각형
하체에 비해 상체가 비대하다.
호리병형
흔히 가장 이상적으로 꼽는 체형.
하체비만인 나는 삼각형 체형에 속한다.

그 원인은 주로 타고난 체형에 이러한 습관이 더해져서다.
이런 부위별 콤플렉스는 유산소 운동만으로 극복하기 어렵다.
+ 술은 열량이 높고 식욕조절 및 근육 합성을 막는 다이어트의 방해꾼!
비스듬
잘못된 자세
틀어진 골반
잘못된 식습관 (자극적인 입맛, 술)

그래서 ! 하체비만에 좋은 운동을 찾아보았다.
오~ 이게 저번에 트레이너가 말한 스쿼트구나~ 쉽네!
그냥 앉았다 일어나기만 하는거잖아?
다음 날
100, 101... 너무 쉬운데?

설마...지금 하고 계신 게 스.쿼.트?

넹! 하체 살 빼는 데 최고라던데요?
하아-

회원님~ 자세가 틀렸잖아요. 지금 몇 개 하셨죠?
부글부글~

101개요. 근데 하나도 안 힘들던데... 이거 운동 맞아요?
...올바른 자세를 보여드리죠.
훗~

스쿼트는 자세가 정말 중요한 운동이에요
먼저 시선은 정면에 두고 허리를 곧게 펴요. 무게중심이 앞으로 쏠리지 않게 주의하면서 깊숙이 앉아 주세요.
구부정
바람직한 자세
잘못된 자세

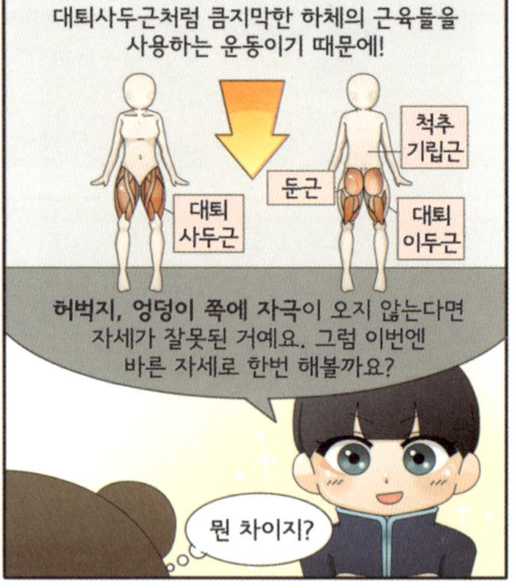
대퇴사두근처럼 큼지막한 하체의 근육들을 사용하는 운동이기 때문에!
대퇴사두근
둔근
척추 기립근
대퇴 이두근
허벅지, 엉덩이 쪽에 자극이 오지 않는다면 자세가 잘못된 거예요. 그럼 이번엔 바른 자세로 한번 해볼까요?
뭔 차이지?

홍옥 씨는 하체비만이 아니라 전체비만이에요. 그러니 유산소 중심으로 체력을 먼저 늘리세요.

바른 자세와 스트레칭으로 몸의 균형도 맞추고요.

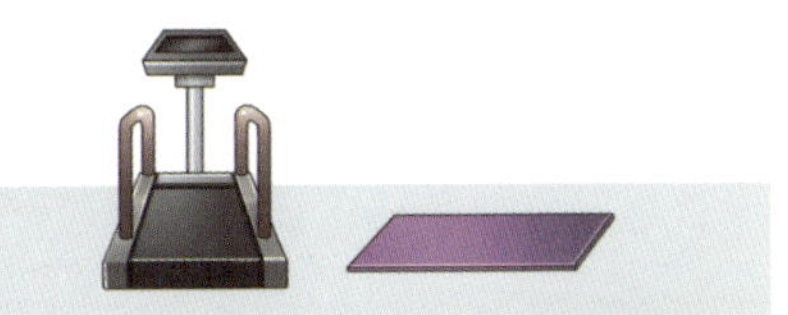

1. 턱을 괴지 않는다.
2. 허리는 90도로 곧게 편 상태를 유지한다.
3. 절대 다리를 꼬지 않는다.

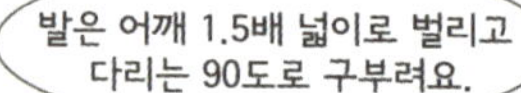

* 주의! 부상 위험이 있으니 무게 중심이 무릎에 쏠리지 않게 하세요.

이왕이면 잘 꾸미는 뚱녀가 되겠어!

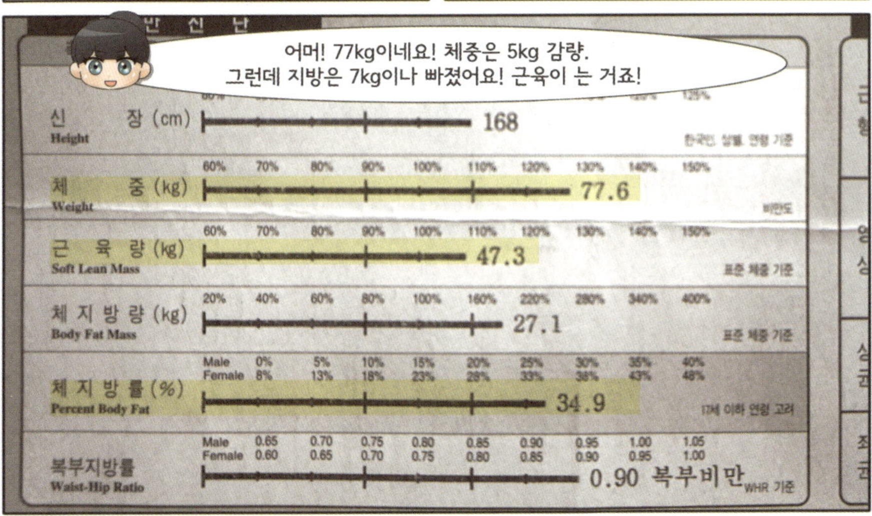

	60%	70%	80%	90%	100%	110%	120%	130%	140%	150%	
신 장 (cm) Height										168	한국인, 성별, 연령 기준
체 중 (kg) Weight								77.6			비만도
근 육 량 (kg) Soft Lean Mass						47.3					표준 체중 기준

	20%	40%	60%	80%	100%	160%	220%	280%	340%	400%	
체 지 방 량 (kg) Body Fat Mass					27.1						표준 체중 기준

	Male Female	0% 8%	5% 13%	10% 18%	15% 23%	20% 28%	25% 33%	30% 38%	35% 43%	40% 48%	
체 지 방 률 (%) Percent Body Fat							34.9				17세 이하 연령 고려

	Male Female	0.65 0.60	0.70 0.65	0.75 0.70	0.80 0.75	0.85 0.80	0.90 0.85	0.95 0.90	1.00 0.95	1.05 1.00	
복부지방률 Waist-Hip Ratio									0.90 복부비만		WHR 기준

나같은 사람은 꾸며봤자 꼴불견이라 생각했다.

하지만 더 이상 그런 편견에 동참하지 않을 거다.

세상엔 뚱뚱해도 매력 있고 빛나는 사람들이 많다.

놀라울 만큼 아무도 관심을 주지 않았다.

딱히 관심은 없지만... 외면당하니 뭔가 찝찝해.
침울
안갈것 같단건가
파워 동안
파워 비만

다음 날
오늘?
어머?! 잘 어울린다~!
진작 이렇게 입고 다니지!

아직 좀 어색한데... 잘 어울려요?
당연하지~! 이뻐!!

아~ 손님도 없고 지루해. 클럽이나 가고 싶다~~
클럽 가면 정말 재밌어요? 전 한 번도 안 가봐서

스트레스 풀러 가끔 가. 난 클럽보단 나이트파지만... 왜 한 번도 안 가봤어?
안 들여보내 줄 것 같아서요.
진지

에이~ 더한 애들도 들여보내줘! 일단 가보면 생각이 달라질걸? 그럼... 오늘 나랑 나이트 갈래? 내가 쏠게! 같이 가자!

우와. 이런 화장 처음 해봐요. 고마워요!

화장 잘 받네~ 아! 내 친구 온다는데 같이 가도 될까?
네! 괜찮아요!
괜찮아요♥

잘 노는 성격은 아니지만 클럽이나 나이트는 살 빠지면 가보고 싶은 곳 중 하나였다.
단호박 나이트클럽
입구서 안 들여 보내주면 어쩌지...
두근

DIET 버킷리스트 ♥
1. 화장 ✓
2. 클럽가보기 ✓
3. 미니스커트 □
4. 66입기 □
5. 50kg대 진입 □
6. 알바 □
7. 살빼고과학 □
8. 폭식참기 □
9. 취업 □
무사히 들어왔어! 이로써 버킷리스트 하나 더 성공!
어서오세요.
눈치

잠시 후
이 안주랑 술이 다 공짜라구요?!
처음 온 티 내지 말고~ 건배!
저는 맥주 대신 물을...
뭐야~ 술도 못 마셔?
스윽-

못 마시는 건 아니지만... 다이어트 하는 동안은 금주하기로 했으니까.
건배~
• 과음은 근육 합성 및 식욕 조절에 방해가 된다.

저쪽 테이블이랑 합석하실래요?
엉!

아이 참~ 귀찮게
가요~ 언니! 3:3 짝도 딱 맞네!

저게 그 티비서만 보던 부...부킹?!! 3:3이라면 혹시 나도 포함인 건가?
꿀꺽
산게

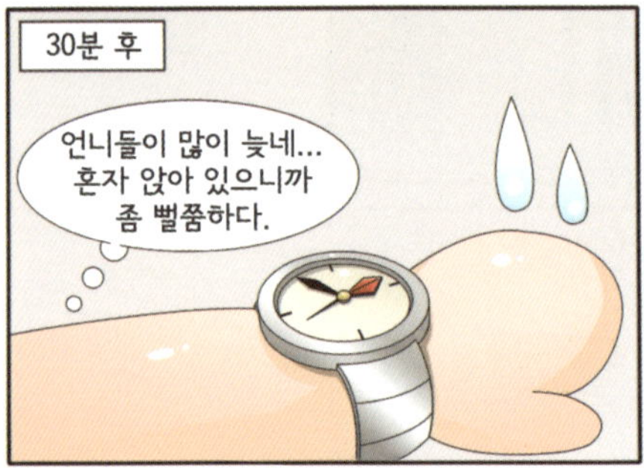
30분 후
언니들이 많이 늦네... 혼자 앉아 있으니까 좀 뻘쭘하다.

귀를 울리는 음악 소리.

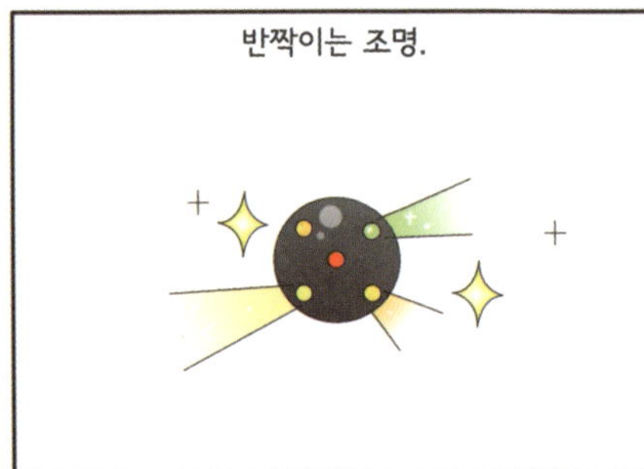
반짝이는 조명.

그 밑에서 춤추는 날씬한 사람들의 실루엣.

혼자 이방인처럼 멍하게 있던 그때의 비참함은 아직도 선명하다.

장미꽃도 한 송이 있을 때보다
안개꽃이랑 같이 있을 때 더 예쁘잖아?
적당히 못난 애가 주변에서 평균을 낮춰줘야
우리가 더 빛나 보인다구.
걔 옆에 있으니까 나 반쪽으로 보이지 않디?
내 친구지만
정말 나쁜년이야.
그래버렸나...

뭐 그것도 있고~ 저런 애들 보면
예전 내 모습 생각나서 다신 저렇게
찌지 말자 하고 자극이 된달까?
응!
?
...아 맞다.
한송이 걔
결혼한다던데
너 갈 거야?

청첩장 받은 것도 아닌데
내가 미쳤냐?
왜~ 그래도 친했잖아.
...
망치로 머리를 얻어맞은 기분이었다.
콰앙

하지만 그렇게 넘긴 상처들은 하나하나 쌓여 트라우마가 되었고,
난 늘 과거의 상처에 묶여 지내게 되었다.

처음 써보는 교환일기는
진정한 친구가 된 듯한 착각을 불러일으켰지만

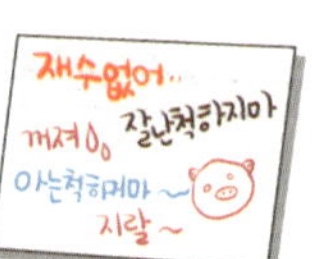

어느 순간부터 괴롭힘의 도구가 되었다.

다음 날
안녕!
냉 랭
하필 그날의 타깃은 나였다.
호박에 줄 긋는다고~
수박 되니?
연예인도 아니고
생긴대로 입고 다녀ㅋ
남자애들이 너 옷보다
더 뚱뚱해 보인데
할 말 없음ㅋ
니 편은 없지만^^
-지변-
그 이후 타인의 시선을 심하게 의식하게 되었고,
자신을 꾸미는 것에 대한 두려움이 생겼다.
고마워.
꽃님아...
이제 걔랑
놀지 말자!
흑..
못참아!
초등학교 6학년
야! 여자애들 중 누가
제일 몸무게 많이 나가냐?
음... 너 아냐?
60Kg 넘잖아.
뭐?
맞잖아~ 내기 할래~?
넘으면 간식 돌리기!
반 전체에! 어때?
ㅋㅋ
조... 좋아!
만약에 60 안 넘으면
네가 돌리는 거다!
쓱쓱
신체검사 날
홍옥
62kg.
...분명
굶었는데?
뭐어어?!!!!!!
왜 말 안 했니?!
당연히 돌려야지!
엄마... 반 애들이 돌아가며
간식 돌리는데... 나만 안 돌려서
혹시 괜찮으면 내일...
우물
뻥
쭈물
어렸던 그때나 지금이나 뚱뚱한 내 몸의 무게가
신호동 통닭
○○
마트
가족들에게 짐이 된다는 것은 괴롭다.

STEP 4

내가 만들 수 있는 최고의 반전

사춘기가 되면서 살이 더 쪘고,
그만큼 성격은 소심하고 음침해졌다.

초등학교 때 겪은 따돌림의 후유증 때문인지
남에게 감정을 드러내기 어려웠다.

고등학생 때 했던 첫사랑도 그랬다.
좋아하는 마음 하나로 20kg을 감량했지만,

아무리 생각해도 빛나는 그와
초라한 내가 같이 있는 건 상상조차 할 수 없어서

고백도 못 해보고 조용히 끝났다.

이후 요요현상이 왔고 2배로 살이 찌면서
나는 신입생 중에 가장 뚱뚱한 새내기가 되었다.

다행히 학교에서는 뚱뚱하다는 이유로
상처 받는 일이 거의 없었다.

하지만 사회는 다르다는 것을 겪고 나니
고학년이 될수록 불안해졌다.
자기관리
안 하세요?
인턴 면접

맞는 바지가 없네...
그냥 자체 휴강하자.
쟤 분명 1교시인데...
팅-
룸메

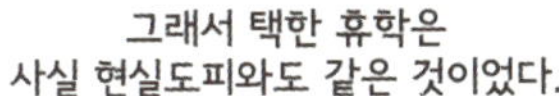

그래서 택한 휴학은
사실 현실도피와도 같은 것이었다.

...진짜 휴학했어!!?
혼자 복학해서 다니면
힘들다던데 그냥 같이
졸업하지... 계획은?
음... 우선...
쉬면서 다이어트를
할 거야.
아쉽~

학교 다니면서는
살 못 빼겠어.
휴학만 하면 뭐든
할 수 있을 것 같아!
그래.
휴학하자!
휴학

시간 되면
자격증도 따고
워홀도 가고
만화 연재도
해보고 싶어.
만화?

응! 다이어트하면서 그 과정을 만화로 그리려구.
나와 같은 사람들에게 시작할 수 있는
힘을 주고 싶어. 그리고
그걸 졸업작품으로 하는 거지! 어때?

...하지만 아무것도 계획대로 되지 않았고,
살만 더 찐 채 예정보다 1년 더 휴학했다.
머엉-
집 밖에
좀 나가고
사람도
만나렴.

그것을 알기 때문에 나는 그냥 조용히
내가 만들 수 있는 최고의 반전을 준비하기로 했다.

사람들의 편견을 노력으로 부숴 나가는 것은 굉장히 짜릿했다.

스텝 수업

요가

유산소

아고고, 허리야.
코어 근육이 약해서 그래요.
속닥

코어 근육은 몸의 중심인 척추를 둘러싼 근육들이에요. 간단히 말하면! 허리, 복부, 골반, 엉덩이죠.

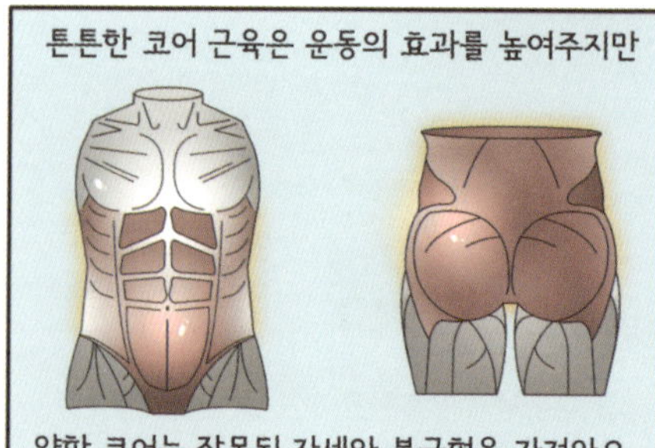

튼튼한 코어 근육은 운동의 효과를 높여주지만
약한 코어는 잘못된 자세와 불균형을 가져와요.

그럼! 코어 단련에 좋은 운동을 하나 추천해 드릴게요! 바로 플랭크예요. 뱃살 빼는 데 특히 개.이.득!

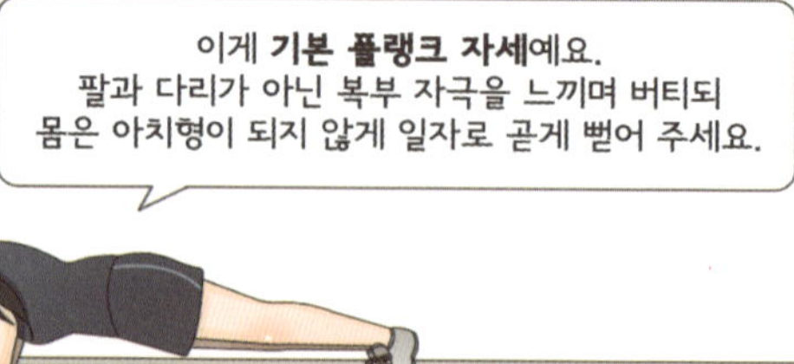

이게 기본 플랭크 자세예요.
팔과 다리가 아닌 복부 자극을 느끼며 버티되
몸은 아치형이 되지 않게 일자로 곧게 뻗어 주세요.

그냥 엎드리고 끝?
한번 해보고 말씀하시죠? 회.원.님.

너무 쉬운데...
??

쑥
욱

덜 덜 덜~
크흡

엉덩이가 처졌잖아요. 제대로 다시!

틀린 자세로 할 때랑 다르게 근육이 단단해지죠? 자세가 중요한 이유예요.
철푸덕ー

대부분의 운동은 하나의 기본 자세에서 여러 가지로 응용 되거든요. 스쿼트도 그랬죠? 플랭크도 그래요.
스쿼트
점핑 스쿼트
와이드 스쿼트

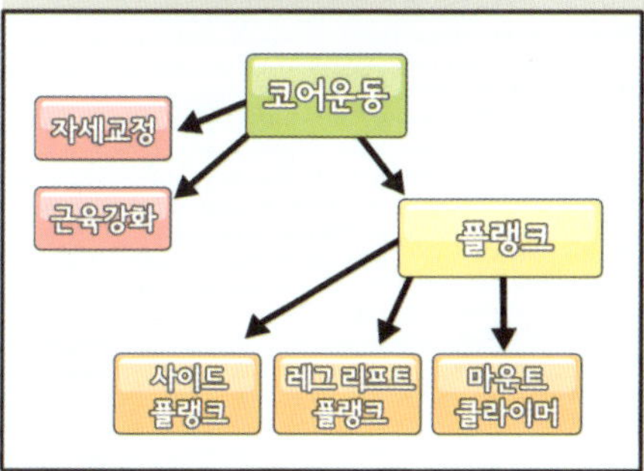
자세교정
근육강화
코어운동
플랭크
사이드 플랭크
레그 리프트 플랭크
마운트 클라이머

그러니 욕심 부리지 말고 기초자세 잡는 데 더 신경을 쓰셔야 해요.
마침 오늘 PT예약도 없으니 간단히 응용동작 몇 개 알려드릴게요.

바른 자세가 중요한 플랭크

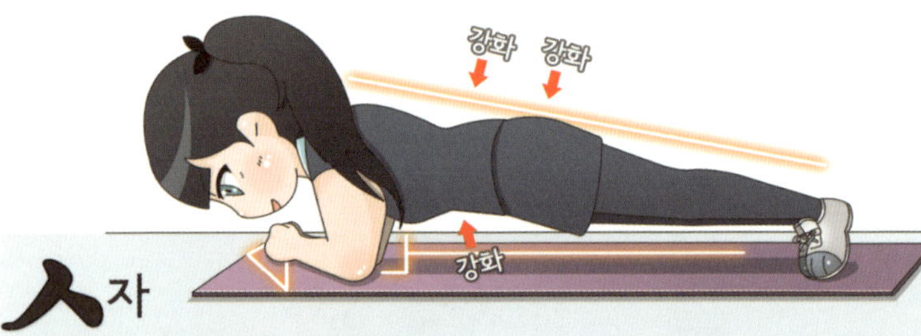

정면(팔)은 △모양으로 모으고! 몸은 **일직선**으로 곧게 펴서 버텨 주세요.

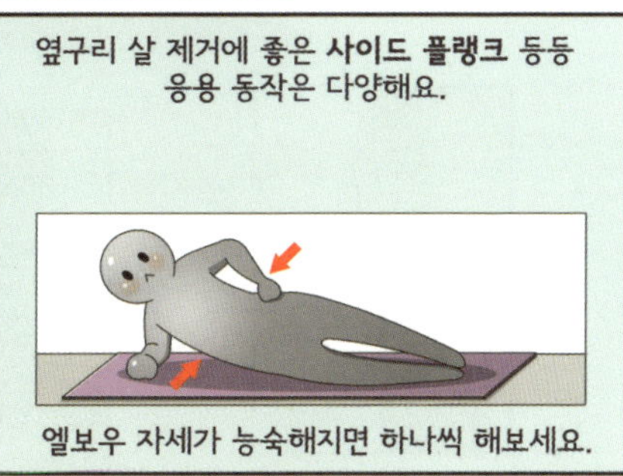

'기본 자세'와 '기본 체력'이 안 된다면 남들이 하는 대로 따라하지 마세요.

하지만 신기하게도 점점 더 버틸 수 있는 시간이 늘어났다.

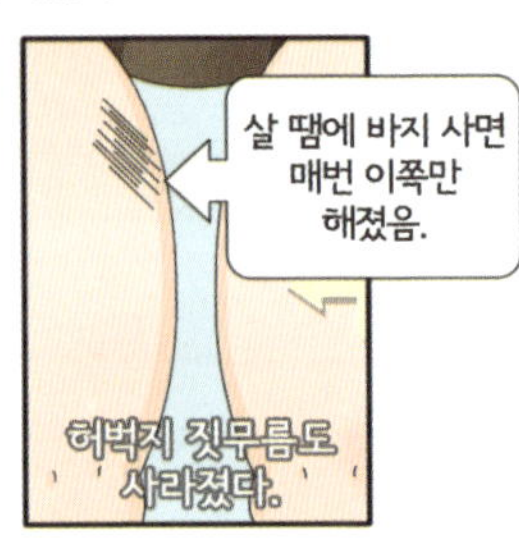

줄어든 체중의 무게만큼 더 밝아졌고
밖에 나가는 시간도 늘었다.

겉모습을 바꾸기 위해 시작한 다이어트는 뜻밖에도
내면의 변화를 가져오고 있었다.

너 PT 아니라며~ 거기 엄청 친절하다.
맞아!
쪼롭—

그치? 헬스장 하나는 정말 잘 고른 것 같아.

나중에 네 비포 애프터로 헬스장 홍보하려고 그러는 거 아냐?
빠직

넝담~
너 그러다 맞는다.

부럽다. 저번에 다녔던 곳은 영업 완전 심했거든.
헬스1개월 + PT 3회
여름 대비 핫딜!
구매하기
패키지 끊으세요~
소셜에서 10만 원에 3회 체험이래서 갔는데 1시간에 30분은 영업만 하더라? 회원권 끊으라고. 싫다니까 자유 운동도 못 하게 눈치 줘서 끊어 놓고 결국 안 갔지 뭐.
후-
공감!

으!! 나 다니는 덴 일반 헬스장인데도 그래.
기구 사용법 알려달라니까 나한테 뭐라 한 줄 알아? PT 끊고 물어보래.

PT 당장은 할 생각 없댔더니 의지박약이라고 렛미인 나가셔야겠다며 비꼬더라?
미친 거 아냐?
휴..

제일 화가 나는 건 내가 PT에 돈과 시간을 쓰지 못한다고 의지박약인 것처럼 몰아가는 거야.
벌
떡

돈하고 시간 투자해서 빠지는 살이면 진작 뺐지.
그러니까!
훗ㅡ
훅
자랑이다...

비싸긴 해도 PT가 좋긴 해. 우리 언니도 허리 재활 땜에 받고 있는데 혼자 할 때보다 성실히 하게 되고 자세도 좋아졌더라구.
그치만 받는 사람이 자발적으로 선택할 수 있어야지 지나친 차별이나 영업은 별로야.
맞아!

다음 날
어쩐지 PT숍이 많아졌더라. 우리 헬스장도 하던데...
GYM
퍼스널
PT

입시 실패하고 재수할 때예요.
그때 살 엄청 쪘었죠.

폭식, 운동 부족 등등 표면적인 이유는 많았지만... 사실 몸의 허기보단 마음의 허기 탓이 컸어요.

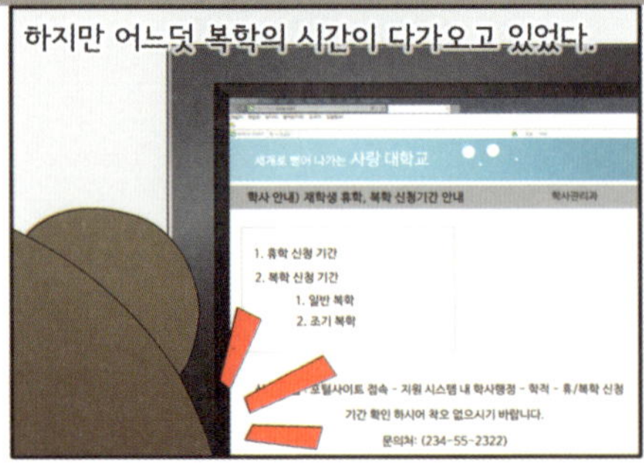

팀 과제에 졸작까지 혼자 다니면서 하려면 힘들 텐데... 괜찮겠어?

그러니까 휴학 말고 우리랑 같이 졸업하지...

걱정 마! 나는 당당한 아웃사이더가 될 테니까!
데헷

진심으로 동정 중...
글썽..
애잔
노...농담인데...

그동안 시간이랑 돈 엄청 낭비했잖아. 복학하면 날린 시간만큼 덜 놀고 혼자 열심히 다닐 거야. 학점도 다 메꿔야지. 살도 더 빼고~
등록금

학점도 학점인데... 졸업작품은? 우린 3학년 때부터 하잖아.
그게 제일 큰데..
계획대로 다이어트 만화를 그릴 거야!

소재는 전부 이 안에 있으니까.

다이어리? 꾸준히 쓰고 있는 거야?

응. 쓰다보니 습관이 되더라구.
다이어트의 모든 과정을 적고 있어.
복학하면 이 일기장을 바탕으로
나처럼 살 때문에 마음이 아픈
사람들을 위한 만화를 그릴 거야.
힛-

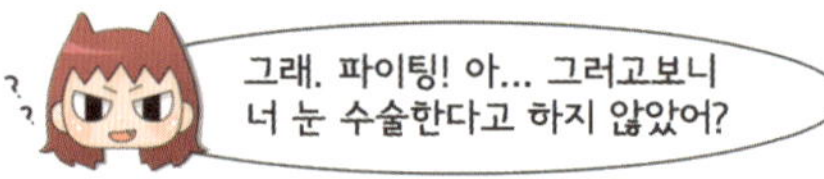
그래. 파이팅! 아... 그러고보니
너 눈 수술한다고 하지 않았어?

엄마는 하라는데
안 좋은 기억이...

쌍꺼풀이 또렷한 엄마와 달리
안검하수인 내 눈은 항상 게슴츠레했다.
그동안
미화된 왕눈
이었죠.
또렷
현재
안검하수: 눈 근육이 약해서 눈꺼풀이 아래로 처진 눈

학창시절
거기 너! 누가
수업 시간에 자래?
안 졸았어요!
억울
* 늘 겪는 오해

안 되겠다.
대학 가기 전에
쌍꺼풀 수술부터 하자.
무서운애..

반강제로 하는 거긴
하지만, 하고 나면
예뻐지긴 하겠지?
화장도 잘 먹고...
설렌다...♡
질질질~

우선 살부터
빼고 오시죠?
수술거절
...
...
쿠웅-

지금 수술해도 살 빠지면
라인이 달라지니까.
우선은 수술보다~
살.부.터.빼.세.요.
단호

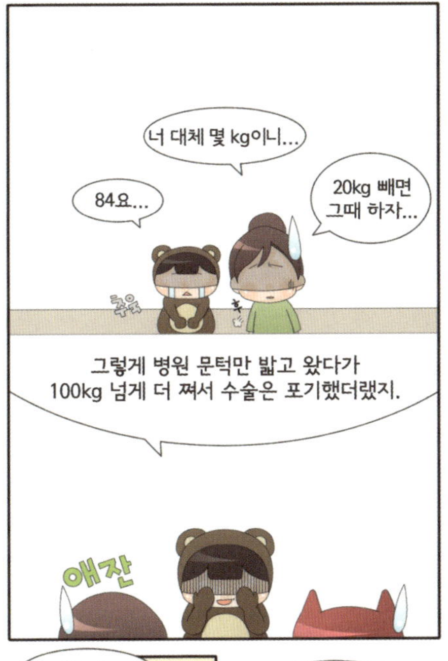

너 대체 몇 kg이니...
84요...
20kg 빼면
그때 하자...
그렇게 병원 문턱만 밟고 왔다가
100kg 넘게 더 쪄서 수술은 포기했더랬지.
애잔

그래도 다행이다.
사실 네가 복학해서
혼자 잘 다닐 수 있을까
많이 걱정했거든.
전보다 많이 밝아지고
자신감도 생긴 것 같아.
혼자서도 아주 잘
다니겠어. 그치?
하핫-

그래도 혹시나 힘들면 언제든 우리한테 콜하라구.
알았지?

애들아...
그렁

...그러고보니 복학하려면
자취방도 구해야 할 테고
헬스장도 옮겨야겠네?
헛

...!!!

처음 이 문을 열 때 나는 90kg이었다.
트니스
S
라인
안녕하세요!

그나마도 105kg에서 굶어서 뺀 무게.
어서오세요.

여자 사이즈가 안 맞아
남자 운동복을 입었고,

남들 시선 때문에
샤워도 편히 못 했다.
멈칫

이제는
뭐...
훌러덩~
사람들의 시선이 싫어서 시작한 다이어트인데
좀 비켜! 뚱땡아!

막상 빼니까 바닥을 쳤던 자존감이 회복돼서
전처럼 남의 눈을 의식하지 않게 되었다.

자신을 향한 믿음이 있기에
유혹에도 전처럼 쉽게 넘어가지 않는다.

그렇게 반 년 넘게 은둔형 외톨이 생활을 했다.

(*이런 경우, 피해의식과 자기애가 바닥인 상태라 독설보단 격려가 효과적이다.)

BEFORE			AFTER		
근육량	제지방량	체중	근육량	제지방량	체중
48.6	51.9	90.3	43.4	46.4	74.3

헬스는 자유도가 높지만 혼자 하면 아무래도 지루하니까.
여건이 되면 다른 운동도 한 번씩 도전해 보세요.

음, 전부터 수영이
배우고 싶긴 했어요.
근데 수영복 입는 게 좀...
초등학교 때 이후로
안 입어 봤거든요.

음? 막상 가면 다들 벗고 있어서
별로 신경 안 써요! 진짜예요.

뭐! 그건 나중 이야기고
남은 기간 동안
우리 열심히 해봐요.
복학하기 전에 앞자리
6 한번 만들자구요!

넵!

그러고보니... 아르바이트도
그만둬야 할 것 같다고
오늘 미리 말해 놔야겠네.

으아... 싫은 기억이...
적당히 못난 애가
주변에 있어야
우리가 더 빛난다구~
빠직

언니 눈에 나는 여전히 뚱녀로 보이겠지만,

보기 좋은 몸매의 기준은 정해져 있을지 몰라도
행복한 몸매의 기준은 상대적이고
지금 나는 105kg이었을 때보다 더 건강하고 행복하다.
헬스하고 식단도 조절하고 있어요~ 요 앞에 헬스장 정말로 괜찮거든요!

양송이 이야기
몇 년째 알바비의 대부분을 시술과 약값으로 날리고 있다.
굴렁
꾸욱—
주사 자국과 피멍을 견디며 목표했던 몸무게를 얻어냈고
못생기고 뚱뚱했던 신입생 때보다
훨씬 마르고 예뻐졌는데...
언니도 다녀보세요~

왜 여전히 뚱뚱한 쟤보다
날씬한 내가 더 불행한 것 같지...?

맛집 가자. 얘들아!
비율 엄청 좋네.. 부럽다. 난 뭐야.
찬찬-

외모에 관심 없던 때보다 지금이 더 스트레스다.
난 왜 골반이 없지? 종아리도 짧고... 너무 못났어.

자존감은 낮아지고 성격은 점점 모가 났다.
너 이제 밥알까지 세어 먹니?
그러니까 안 먹는댔잖아!
짜증나 죽-

낮아진 자존감을 회복하기 위해 찾은 방법은
안에서 토하는 소리 나...
뷔페에 저런 사람들 있다더니 처음 봤어...
우웩

나보다 못난 사람을 조롱하는 것이었다.
그동안 감사했습니다.
고생 많았다.
꾸벅-

경력도 없던 저를 서빙으로 써주셔서 정말 감사했어요.
두 분 다 건강하세요!
방학하면 그때는 손님으로 꼭 다시 들를게요!

첫인상과 달리 좋은 아이였지?
네...

응?
휘릭

...걔가 말한
헬스장이잖아?

다이어트 주사 맞고 있는데
운동까지 할 필욘 없잖아?
그냥 구경만 하고 가자.
잠깐 구경만...
하고 가...
피트니스
S
빼꼼—
어떤 곳인지만...

앗? 안녕하세요.
상담하러 오셨나요?
샤
방~

복학 신청이 완료되었습니다.
확인

복학 신청 완료...
휴학 2년 동안
이룬 건 결국
다이어트뿐이네.
하아..
심란해..

그래도 많은 것이 변했다.
억지로 하던 다이어트가 이제 생활 습관이 된 것이다.

쭈욱

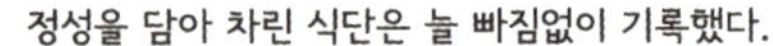

체중과 몸의 치수를 일주일에 한 번씩 재고
아침엔 요거트와 생수, 사과 한 알을 먹는다.

정성을 담아 차린 식단은 늘 빠짐없이 기록했다.

찰칵-

신기하게도 어느 순간부터 입맛이 달라졌고
퍽퍽살(닭가슴살)과 야채를 좋아하게 되었다.

그리고 항상 바른 자세를 유지하려 노력했다.

고단백!

다리 꼬기 X
어깨 펴기

가만히 있을 때도 수시로 몸을 움직여 주었다.

레그레이즈
누운 상태에서 상체를 고정하고 다리를
위 아래로 움직여 복근을 단련한다.

슈퍼맨
엎드려 양팔, 양다리를 들고 척추와
엉덩이 근육 힘으로 버티는 코어운동.

사이드레그레이즈
무릎 굽혀지지 않게, 발 내릴 때 반대쪽 발과
닿지 않게 주의. 하체, 옆구리 근육 자극.

나를 바꾼 다이어트.
이제 다른 곳에서 제2막이 시작되려 하고 있었다.

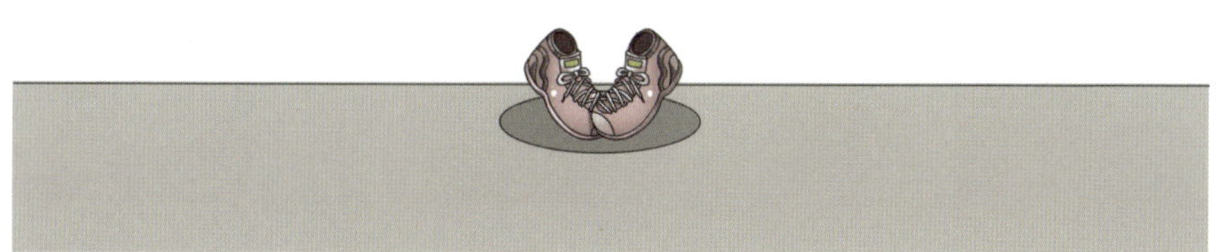

복학하면 살 집을 계약했다.

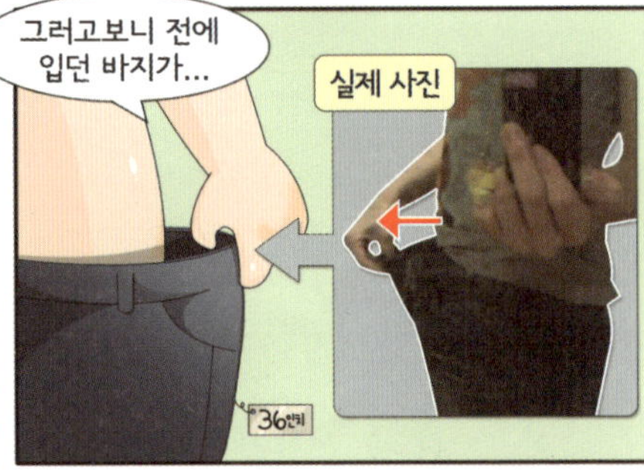

엄마는 곱슬이었던 내 머리를 곱게 펴주고
옷을 사주겠다며 함께 나섰다.

신난 엄마의 모습을 보니
좀 더 일찍 빼지 못한 것이 후회스럽고 미안해졌다.
허리 27도
들어가는데?
대충 입어도
추레해 보이지
않잖아?
좀 끼지만
55도 맞긴 해.

엄마, 이제 그만 사자.
너무 많이 샀어.
절레
절레

말했잖니? 너 살만 빠지면
빚을 내서라도 어떤 옷이든
전부 사줄 거라고!
너랑 이렇게 쇼핑하는 게
엄마 소원이었어...

예전엔 엄마랑 쇼핑 가면 매일 싸웠었는데...
안 사!
안 맞는다고!
벗고 다닐래?
저기도
가보자꾸나.
즐거워...

복학 당일
...당당히
들어가자.

파 워 워 킹

같은 학번의

앗-

본판이 있어 드라마틱하게 예뻐지진 않았지만-
아~! 안녕!
못 알아봤어.
안녕!
오랜만이다~

살에 파묻혔던
이목구비가 또렷해졌다.

키는 똑같이
168cm인데

없던 목이 생겨서인지 전에는 한 번도 못 들어봤던
키 크단 말을 자주 듣는다.
자네 키가
더 컸나?
1학년 때랑
똑같습니다.
교수님.

생활 방식도 바뀌었다.
전보다 계획적으로 살게 되었고 근성도 생겼다.

소식, 운동, 바른 자세, 식단 기록 등등
큰맘 먹고 해야 했던 다이어트의 모든 것들이
이제는 습관이다.

내일은 콘티 짜고
과제 하고~ 수영 가야지.

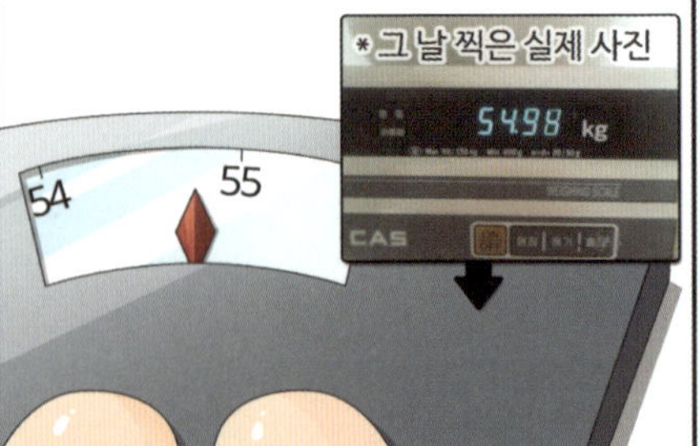
그렇게 생활하며 1-2kg씩 줄었다 늘었다 하던
몸무게는 한 학기 만에
목표 체중인 55kg에 도달했다.

만약 내가 전처럼 체중계 위 숫자에만
집착했다면 여기까지 오지 못했겠지?

*그날 찍은 실제 사진
5498 kg
54
55
CAS

드라마틱한 변화는 없었지만, 확실히 전과는 다른 삶을 살게 되었다.

어... 언니?!

어머 언니~ 오랜만이에요. 살이 좀 찌셨네~ 근데 그 꼴로 나이트 가는 거예요?
네가?
띵-
크흐흐..
아는 사람?
하지만 언니는 나를 알아보지 못했고, 그것만으로도 나에겐 통쾌한 복수였다.

아니. 모르는 사람~
어디지?!

어디서 많이 본 듯한... 아... 그러고보니 여기네.
힐끗-

축의금만 내고 가자. 축의금만... 조용히.
신부 한송이
신랑 강동언

그래도 신부 모습 정도만 보고 갈까...?
스윽-

어머 회원님~ 여기서 다 뵙네요. 우리 송이 알아요?
대...대학 동기인데 송이를 아세요?
스스슥...

그날 신부가 된 송이의 미소는 너무 예뻐서
열등감과 질투로 꼬였던 과거의 감정들이
사르르 녹아내렸다.

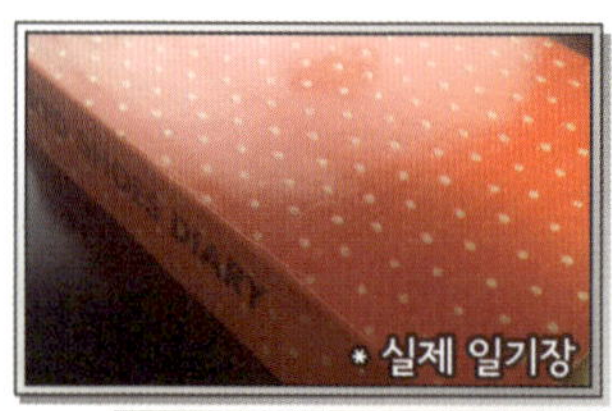

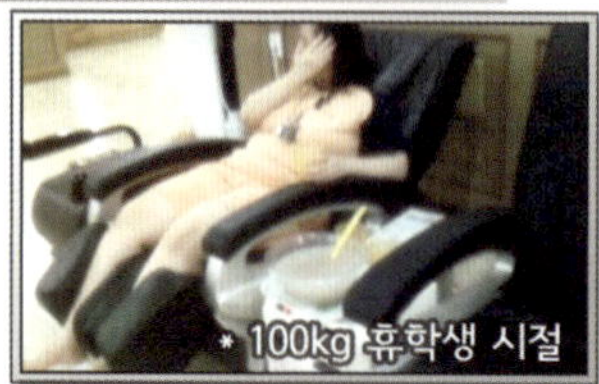

나를 위해 남긴 기록들로
이제 다른 사람들을 위한 새로운 기록을 만들 거야.

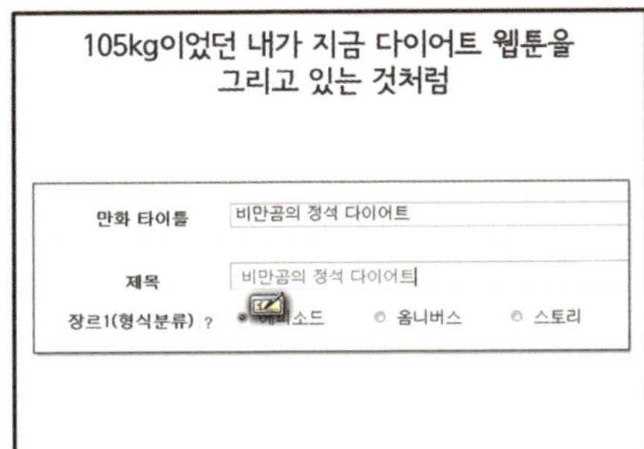

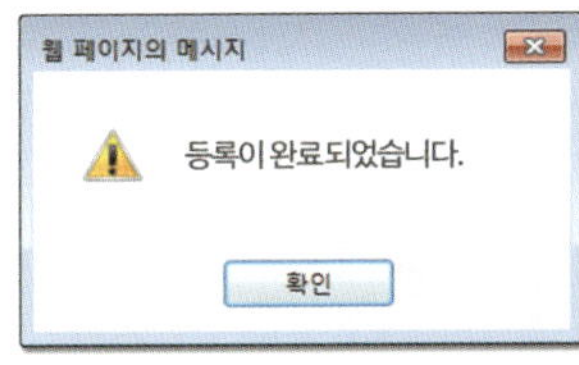

이 만화가 누군가에겐 공감과 위로가.
또 다른 누군가에겐 반전을 준비하는 계기가 되기를.

웹툰 연재한 지 3년차
수많은 사람들이 내 웹툰에 공감의 메시지를 보내주었다.

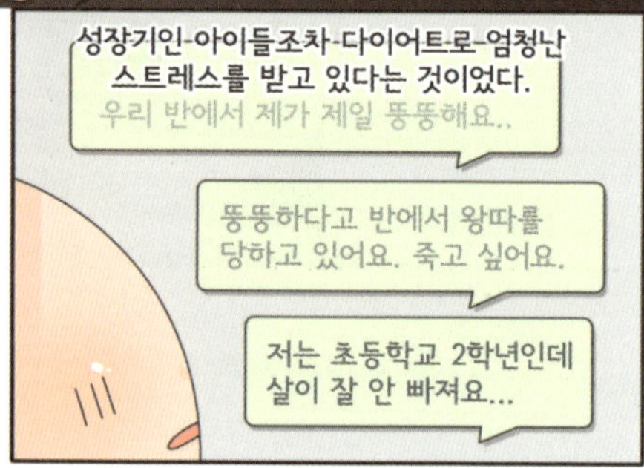

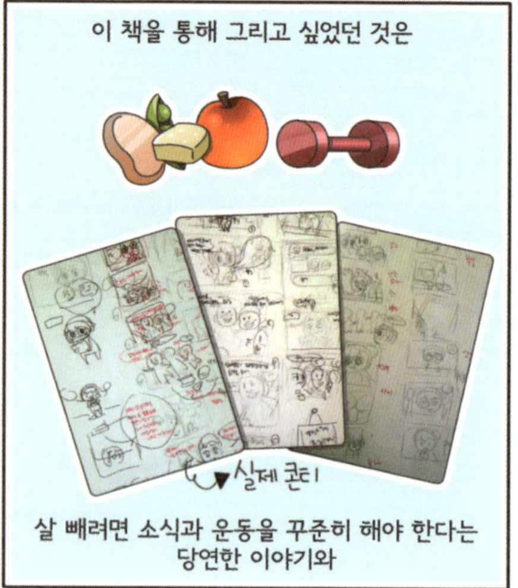

이처럼 삶은 반전의 연속이고
노력에 따라 상상하지도 못했던 방향으로 바뀔 수 있다.

진심으로 응원합니다!

그리고 제 변화의 과정을 함께해준 독자님들과 가족, 지인들. 모두에게 감사드립니다.

의지박약

아래는 **실제 깝수가 제게 보낸 쪽지입니다.**
다이어트 할 거야. 인생을 바꿀 거야. 매번 말만 늘어놓고 집 밖에 안 나오고
학교도 빠지고 요요만 반복하는 저를 보다 못해 날린 돌직구였죠.

하지만 당시에는 그런 친구의 조언을 듣고도(머리로는 아는데)
시작이 너무 어려웠습니다.
지금은 이렇게 다이어트 만화를 그리고 있지만
사실 저도 이처럼 심한 의지박약이었어요.
자존감은 바닥을 쳤죠. 죽고 싶었어요.

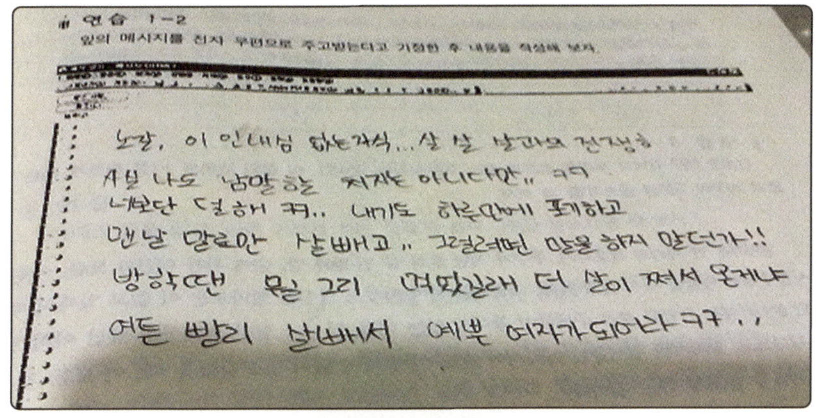

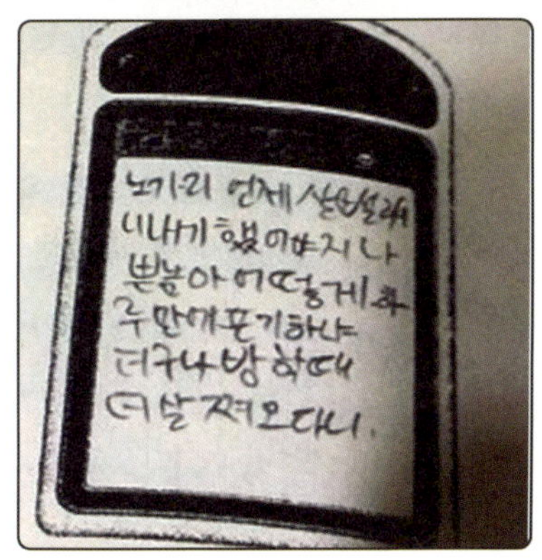

시작

아르바이트만 구하면, 헬스만 시작하면 모든 것이 바뀔 줄 알았는데...
여전히 이유 없는 우울감이 찾아왔고
폭식도 끊을 수가 없었어요. 일기장 초반은 폭식과 자기 비하의 연속이었습니다.

그러나 세뇌하듯 '할 수 있어, 할 수 있어'를 계속 써내려갔고

한 달째가 되었을 때
아주 조금씩 변화가 눈에 보이기 시작했습니다.

변화

폭식에 대한 괴로움, 자기혐오로 가득 찼던 일기장이
점점 긍정적인 내용으로 변화하기 시작했어요.

보기 싫었던 거울 속 내 얼굴을 매일매일 보며 화장을 시도해 보고,
남들 눈치 보여 입지 못했던 치마도 입어보고

어제에 대한 후회뿐이었던 일기가 점점
내일에 대한 기대로 가득 차기 시작했어요.

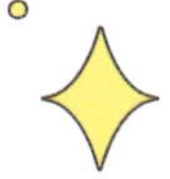

자존감

20대 초반. 고도비만이라는 이유로 은둔을 택했습니다.
20대 중반. 고도비만 극복을 위해 다이어트를 시작했습니다.
20대 후반. 나의 다이어트 이야기를 만화로 그리고 있습니다.

지금 돌이켜보면
나의 다이어트는 바닥에 떨어진 자존감을 일으켜 세우기 위한
자신과의 치열한 전쟁이었던 것 같아요.

이처럼 살을 빼며 가장 우선적으로 생각한 것은
뚱뚱한 자신도 사랑할 수 있도록 노력하는 것이었습니다.

모든 사람이 똑같이 아름다울 필요는 없어요.
모든 사람이 날 좋아할 필요도 없구요.
세상의 편견을 억지로 이겨내거나 바꿀 필요도 없어요.

그냥 있는 그대로의 자신을 인정하고 믿어주는 것.
그것만으로도 변화는 시작됩니다.

105kg이었던 제가 그랬듯

당신이 나처럼 몸무게 세 자릿수가 넘는 고도비만이건
마른 비만이건 의지박약이건 게으름뱅이건 저질체력이건
상관없이

몸은 절대로 당신의 노력을 배신하지 않을 것입니다.

다이어트 이전 나의 냉장고

인스턴트, 패스트푸드 가득.
요리 자체를 안 해 먹었다.

신선식품으로 가득. 특히 술과 라면은 아예 끊었다.
전보다 많은 요리를 해 먹는다.

현미와 백미

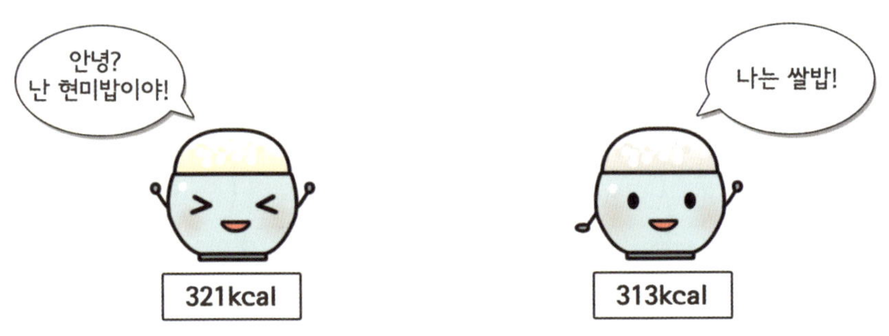

현미: 벼에서 **왕겨**를 제거한 것

백미: 현미에서 **쌀겨**와 **배아**를 제거한 것

그래서 매끈한 백미보다 현미가 좀 더 까끌한 식감인 거예요!
즉 꼭꼭 씹지 않으면 소화가 잘 안 될 수 있으니
현미 100%로 밥을 할 땐 20번 이상 꼭꼭 씹어 먹도록 하세요!

하지만 백미에 없는 쌀겨, 배아를 갖고 있는 만큼
현미에는 단백질, 비타민, 무기질, 식이섬유가 훨씬 더 많아요.
동맥경화, 당뇨, 노화 방지에도 더 효과적. 포만감도 더 오래간답니다.

칙피(chickpea)

중동, 이탈리아에서 많이 먹는 콩이에요. 요즘은 생콩, 통조림 등 마트에서도
쉽게 구할 수 있는 식재료랍니다. 고구마와 밤의 중간 맛이 나요.

병아리콩은 식이섬유 함량이 높고 우유보다 훨씬 많은 양의 칼슘이 들어 있어요.
콩인 만큼 단백질도 풍부하구요. 혈당지수가 낮은 곡류이기 때문에 다이어트에
매우 좋은 식품이에요.

그리고 일반 콩과는 살짝 다른 맛과 재밌는 식감이기 때문에
샐러드, 밥, 수프 등 다양한 요리에 활용할 수 있답니다.

병아리콩 밥   **병아리콩 샐러드**

365일 냉장고를 지키는 친구들

비타민C 가득, 피부에도 변비에도 좋은 사과

식이섬유와 펙틴이 풍부한 바나나

눈 건강과 다이어트에 좋은 블루베리

나의 친구 단백질

| 두부: 100g당 단백질 8.5g | 닭가슴살: 100g당 단백질 23g |

둘의 차이점은 무엇일까요?
바로 두부는 식물성 단백질, 닭가슴살은 동물성 단백질이라는 거죠!

인간은 잡식동물이기 때문에 식물에서 얻은 단백질로는 단백질 합성이 어려워요!
그래서! 몸을 만들거나 손실된 단백질을 보충하기 위한 목적이라면
동물성 단백질인 **닭가슴살**을 먹는 게 더 효과적이에요.

하지만 한 끼 식사로는 **두부**도 든든한 완전식품이라는 점.
다양한 조리법에 활용할 수 있기 때문에 질리지 않게 먹을 수 있고
닭가슴살보다 부드러운 식감이라 먹기도 편하죠.
저칼로리에 영양이 우수하고 위장을 편안하게 해주는 음식이에요.
특히 요즘은 다이어터들을 타깃으로 한 여러 가지 형태의 두부가 나오고 있답니다.

건강 유지에 중요한 영양소 단백질.
결핍되거나 과잉섭취되지 않도록 잘 챙겨 드세요!

두부스파게티 만들기

재료: 두부, 우유, 스파게티 면, 소금, 후추, 닭가슴살, 자투리 야채

스파게티 면을 9분 동안 삶아요.

면이 익는 동안 두부에 우유를 넣고 믹서로 갈아주세요!

팬 위에 닭가슴살과 버섯, 양파 등 자투리 야채를 넣고 볶아주세요.

볶은 야채 위에 준비한 면과 두부 소스를 넣고 같이 볶아요.

홈메이드 드레싱(두유 드레싱)

시판 드레싱은 맛있는 만큼 홈메이드보단 설탕이나 액상과당, 지방 함유량이 높아요.
적당량으로 맛있게 먹는 것은 샐러드 식단의 유지를 돕지만
양 조절이 안 된다면 홈메이드 드레싱에 도전해 보세요.
특히 두유 드레싱은 난이도가 낮고 맛도 좋아서 자주 만들어 먹는답니다.

두유 드레싱 만들기

재료) 두유, 꿀, 식초, 후추, 소금, 파슬리, 오일

시판 요거트나 올리브오일＋발사믹식초의 조합도 샐러드랑 매우 어울린답니다.
홈메이드 드레싱, 어렵지 않아요!

감자와 고구마

고구마, 감자 중 어떤 걸로 탄수화물을 섭취할까?

저는 고구마를 택해서 먹고 있어요. 고구마는 감자보다 혈당지수가 낮거든요.
칼로리도 감자보단 높지만 밥보다 낮고, 포만감이 오래가기 때문에
쌀밥 대신 먹기 좋아요. 식이섬유와 비타민 C도 풍부하구요.

그래도 기본 칼로리가 있는 음식이기 때문에 하루 1~2개 이내로 먹는 게 좋겠죠?

하체비만에 단호한 단호박

부종에 좋은 단호박

단호박은 영양소가 풍부하고 혈액순환에 특히 도움을 주는 식재료예요.
특히 하비라면 다들 겪어 봤을 그 느낌!
갑자기 다리가 붓고 팽팽 당기는 느낌이 찾아와
불쾌할 때 먹으면 효과를 볼 수 있어요.

하지만 단호박을 먹는다고 하체가 날씬해지진 않아요.
하체비만 극복에는 운동이 필수랍니다.

단호박과 함께하는 하체비만 생활 수칙

1. 저염식. 절대로 짜게 먹거나 과식하지 않기.
2. 하체 스트레칭 습관처럼 해주기.
3. 단기간에 효과 보려는 욕심 버리기(하체비만은 특히).
4. 늘 바른 자세를 유지하여 몸의 균형이 어긋나지 않도록 할 것.

나의 다이어트 식단

삼시 세끼 무조건 흰 쌀밥을 먹어야 한다는 편견을 버려요.
다양하게 균형 잡힌 식단을 정성을 다해 준비하고 **예쁘고 즐겁게** 먹어요.
그 순간만큼은 내가 늘씬한 여배우, 모델이라고 생각하고 천천히 음미하며 드세요.

먹는 행위가 죄책감으로 다가오는 순간 다이어트 난이도도 높아집니다.

옷장의 변화

옷장이 변했어요. 허리 사이즈가 변해서? NO!
자신감이 생겼거든요. 더 이상 남들 시선에 내 취향을 숨기지 않을 거예요.

비만곰의 여신 되기 다이어트

초판 1쇄 발행 2016년 3월 18일 초판 2쇄 발행 2016년 5월 9일

지은이 노가영 **펴낸이** 연준혁

출판 6분사 분사장 이진영

편집장 정낙정 **편집** 박지수 최아영 이경희 조현주

디자인 하은혜

펴낸곳 (주)위즈덤하우스 **출판등록** 2000년 5월 23일 제13-1071호

주소 (410-380) 경기도 고양시 일산동구 정발산로 43-20 센트럴프라자 6층

전화 (031)936-4000 **팩스** (031)903-3895

홈페이지 www.wisdomhouse.co.kr

ⓒ 노가영, 2016

값 12,000원 ISBN 978-89-6086-909-7 17810

국립중앙도서관 출판시도서목록(CIP)

비만곰의 여신 되기 다이어트 / 지은이: 홍옥. — 고양 : 위즈덤하우스, 2016
p. ; cm

ISBN 978-89-6086-909-7 17810 : ₩12000

다이어트[diet]

593.5-KDC6
613.7-DDC23   CIP2016006226

비만곰의
여신 되기
다이어트

비만곰의 여신 되기 다이어트

글 · 그림 홍옥

나는 왜 나만 이렇게 살이 쪄서 힘든 건가 싶어
스스로가 싫고 많이 외로웠어.
하지만 그런 시간을 잘 견뎌왔기에
지금의 내가 있는 거겠지?

한 사람이라도 공감하며 위안받았으면 좋겠고
의지박약에 세 자릿수 몸무게였던
내 변화를 보며 용기를 얻었으면 해!

**내가 나를 포기하지만 않으면
뭐든 바꿀 수 있으니까!**

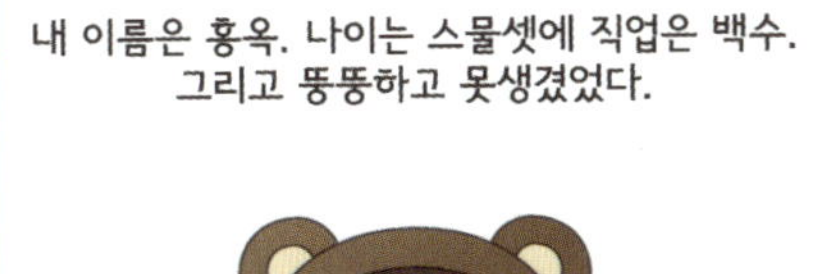

그렇게 뺀 살은 요요현상이라는 부메랑이 되었다.
무려 **40kg**이나 다시 찐 것이다.

그.러.나. 2년 후 나는 **55kg**이 되었다.

원푸드, 비만클리닉, 단식 등 모든 다이어트에 실패했던 내가
성공한 것은 '**정석 다이어트**'를 만난 덕분!

겉모습 때문에 바닥을 쳤던 자존감도 다이어트를 하면서 많이 회복되었다.
모두 날 혐오해..
긍정

폭식하고 토하던 습관에서도 해방!
지금은 먹는 것이 너무나도 즐겁고 행복하다.

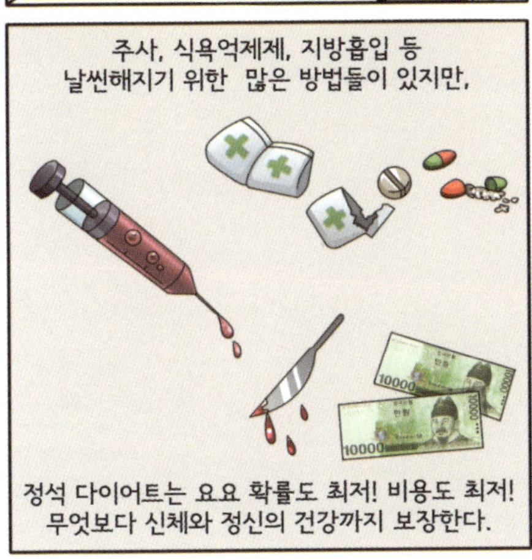

주사, 식욕억제제, 지방흡입 등 날씬해지기 위한 많은 방법들이 있지만,
10000
10000
정석 다이어트는 요요 확률도 최저! 비용도 최저!
무엇보다 신체와 정신의 건강까지 보장한다.

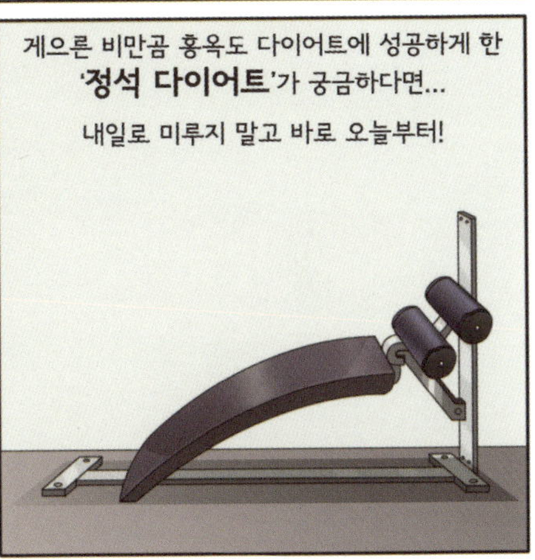

게으른 비만곰 홍옥도 다이어트에 성공하게 한
'정석 다이어트'가 궁금하다면...
내일로 미루지 말고 바로 오늘부터!

'비만곰의 정석 다이어트'로
건강하고 신나게
지방을 날려 보아요!

STEP 1.

내일부터 다이어트 시작하면 많이
못 먹으니까 잔뜩 먹어두자.
햄버거, 치킨, 피자. 또 뭘 먹어둬야
후회가 없을까?
냠

매번 같은 생각에서 시작된
폭식과 후회의 반복

당연한 결과
5kg... 쪘어...

살이 찌면 포기상태로 또 먹는다.
폭식 후 남는 것은 포만감이 아닌 자기혐오.

늘어난 체중만큼 자신감과 자존감은 바닥에.
이제 밖에 나가기도 두렵다.
이렇게는
못 살아.

쟁여 둔 음식들을 다 버린 적도 있지만...
이제 안 먹어!

...
힐끔

나도 모르게 다시 돌아와
쓰레기통에 버렸던 음식들을 다시 꺼내 먹었다.
오늘만 먹는 거니 괜찮아.
내일부턴 굶을 거니까.

반복되는 자기합리화.
거울 속의 나는 더 이상 사람이 아닌 돼지.

토해버릴까? 먹었던 거
전부 토하면 살 안 찌잖아.
지금처럼 씹고 뱉는 것보단
토하는게 훨씬 더...

나도 예쁘고 즐겁게 살고 싶어.

하지만 뚱뚱한 내겐 무리야.

90kg을 넘기고선
체중을 아예 안 쟀다.
후

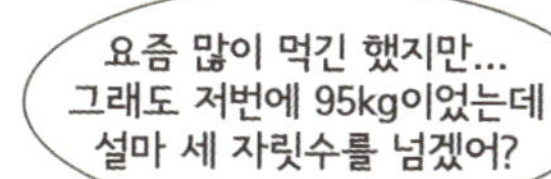

살금

요즘 많이 먹긴 했지만...
그래도 저번에 95kg이었는데
설마 세 자릿수를 넘겠어?

?!

폐인 생활 1년차.
드디어 몸무게 세 자릿수를 찍게 되었다.
105

그리고 잊고 있던 사실 하나.
9월

벌써 시간이...

보나마나 이번 추석도...
...

설날의 악몽

살 더 쪘냐?
돼지 언니~
안녕?
건들
백수
히키코모리
자존감 X
고도비만

괴로운 명절

매번 같은 패턴

1. 넌 공무원이나
선생님 안 하니?

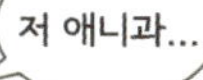

2. 거기 졸업해서
뭘 하려고?

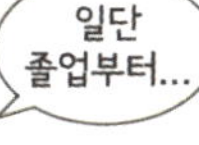

3. 살은 언제 빼?
작년보다 더 쪘네~

밥 먹는 것도
눈치 보여...

다들 웃으며 말하니까
화도 못 내겠고 아...
어이구?
너 먹는 거 보니까
다이어트 포기했나봐?
나라면 굶어서라도
빼겠다.

겨우 두부 한 조각
먹었을 뿐인데...
?!

한창 예쁠
나이에...
에휴
그놈의
살살살!
안 빼니?

명절은 너무 힘들어. 혼이 나갈 것 같아.

내년 추석 땐 꼭 날씬해져 있기를.

그날 오후
나한테 전화할 사람이 없는데...
까...깝수잖아?!

휴학 후 다이어트에 실패하면서
친구들과 만나는 것을 거의 피했다.
대학 동기인 깝수와도 안 만난 지 벌써 반 년째.
...여보세요?

너 대체 휴학하고 뭐하고 사냐?
애들도 다 연락 안 된다던데
인연 끊을래?

휴학할 때만 해도
이 정도로 뚱뚱하진 않았으니까
지금의 날 보면 깜짝 놀라겠지?
휴학해서 살 빼서 온댔는데
이렇게 쪘으니 분명히
한심하게 볼 거야...
휴학 전
80kg
현재
105kg
오...오랜만이야.
깝수...

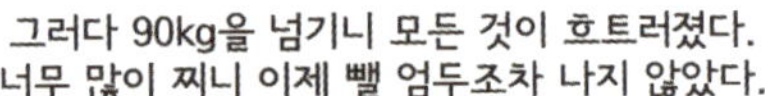

자연히 게을러진 생활 패턴과
그렇게 시작된 은둔형 외톨이 생활.

밖에 나갈 땐 항상 모자를 써야 했고,
나를 부르는 환청까지 들렸다.

이렇게 다시 쪘으니 다들 한심하게 보겠지.

그날도 거절할 핑곗거리를 생각하고 있었는데
문득 겁이 났다.

이러다 정말 외톨이가 되면 어쩌지?
그래! 진짜 친구라면...
음...
그러면
이번 주말에
볼래?
올ㅋ
그래!

이런 내 모습도 이해해 줄 거야.
한심하게 본다면 그 시선 때문에라도
내가 정신 차릴 수 있지 않을까?
휴

그래도 이 상태는 좀 아니야.
주말까지 굶어서라도 살을 빼야겠어.
NEW DIET
105kg

하지만...
떡볶이 피자 훈제오리
김밥 탕수육 치킨
회 초밥 닭갈비 삼겹살
곱창 족발 보쌈
순대 군만두
아~ 미치겠네.

또 왔네...

멈칫
아!

이게 아니잖아!!

확실히 가을 옷을 사야 하긴 했다.
작년에 입던 옷은 작아서 다 못 입고,

90kg 넘긴 후론 쇼핑도 거의 안 해서
맨날 한 벌만 입고 지내니까.

그래도 간만에 가는 거니
예쁜 옷 보고 다이어트 자극 좀 받고 오자!
가자!

여성복 매장
이쁘당... 살 빼면
이런 원피스에 플랫슈즈
꼭 신어 봐야지.
흠

언니! 이 원피스
얘가 입을 건데
사이즈 있어요?
내 사이즈 없어~

아... 저희는 77까지만
나오는 브랜드라... 죄송해요.
헉

역시 여성복 매장은 무리!!

휴
이따 빅사이즈 매장 가보자~

그래도 이렇게
집 밖에 나와서
친구도 만나고
돌아다니니까 좋다.
살 찌기 전으로
돌아간 기분이야.

오

새로 발견한 옷은 매우 헐렁한 루즈핏이어서
잘하면 맞을 수도 있겠다는 생각이 들었다.
FREE

입어볼까...
엄청 큰데...
야 그 정도면
넉넉한데?
이쁜네~
사이즈도
프리...

저...손님? 그 옷은 프리사이즈지만
가슴통 때문에 88 넘는 분들은
입기 힘드세요. 죄송합니다.
꾸벅

아... 괜찮아요... 한두 번 겪는 일도 아니고...
에헤헷...
절레 절레

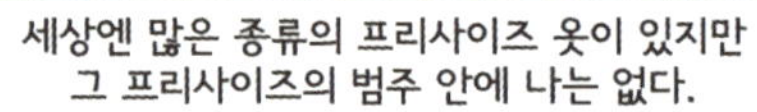

세상엔 많은 종류의 프리사이즈 옷이 있지만
그 프리사이즈의 범주 안에 나는 없다.
FREE
44~55
77
66

결국 내가 입을 수 있는 건
펑퍼짐한 후드티에 후줄근한 청바지뿐.

이래서 쇼핑이 싫어!
빅사이즈고 뭐고
그냥 집에 가고 싶어...

집에 가고 싶다...
우...우리 내려갈까?
거긴 사이즈도 많대~!
침울

한 층 밑에 있던 빅사이즈 매장은 신세계!

허리 38인 내게도 맞는 치마가 있어서
사이즈 걱정 없이 옷을 고를 수 있었다.

내가 이런 치마
입어도 괜찮을까?

이쁘다...

당연!

88~1

신나서 예쁜 액세서리도 지르고

하이힐에도 도전!

처음

기분이 좀 풀리네.
역시 나오길
잘했어!

평소였다면 오늘
옷 산 돈을 전부
먹는 데 썼겠지?

치마 잘 어울리네!
이렇게 입고 다녀.
훨씬 보기 좋아.

그럴까?

뿌듯一

모두 날 한심하게 보고 손가락질한다.
왜 뚱뚱하면 막 대해도 된다고 생각하는 거지?

이게 뭐야... 최악의 하루... 집에 가고 싶어.
더 이상 밖에 나오고 싶지 않아.

사람들 시선이 너무... 무서워...

세 자릿수 몸무게는 남의 일이라 생각했지만,
자신을 놓자마자 내 일이 되어버렸다.

넘어야 할 산이 높아 오를 엄두조차 나지 않는다.

날씬한 애랑 똑같이 먹어도 나만 돼지 취급에

맞는 사이즈도 없고 톤살 때문에
한여름에도 반팔, 반바지는 꿈도 못 꾼다.

차지하는 면적이 넓으니 대중교통에서도 눈치.

살이 찌면서 더더욱 남의 시선을 의식하게 되고
자존감도 점점 낮아졌다.

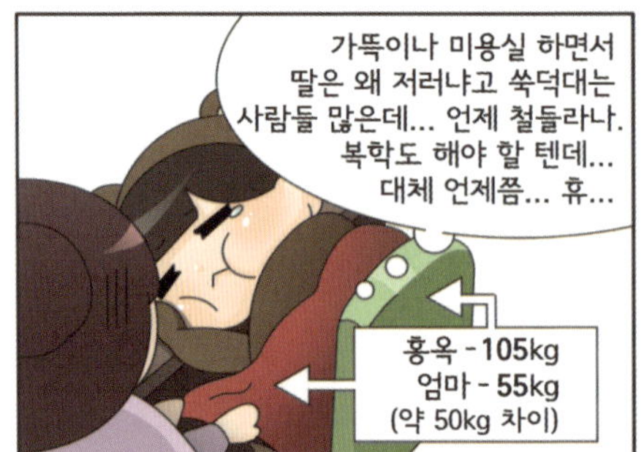

살쪄서 힘든 건 나뿐이라고 생각했다.
하지만 나 못지않게 가족도 힘들어하고 있었다.

그때 나는 체중계 위 숫자에 눈멀어
가장 중요한 건강을 놓치고 있었다.

고기만 먹는 황제 다이어트는
쉬울 것 같았지만 속이 메스꺼웠다.
피부도 푸석해지고 건망증도 심해지고
성격도 예민해져서 다 짜증나.

이 방법도 아닌가?
그렇다면...

원푸드가 힘든 만큼 식탐도 커졌다.
그렇게 토마토 다이어트 3일째...
그동안 고생 했으니 괜찮겠지? 내일부터 또 토마토만 먹으면 빠질 테니까.

이제 정신적으로 한계야...
한입 주랴?
크림... 쿠키...

이처럼 식단을 급격히 제한하는 다이어트들은 도리어 음식에 대한 집착을 만들고 폭식을 유발한다.

그렇게 폭식과 원푸드를 반복하던 어느 날.
갑자기 머리가...
뭐지? 갑자기 어지러워.
띠 -
응!

철푹덕

운동 없이 **원푸드 다이어트**로 빠진 살의 대부분은 사실 수분과 근육이었다.

원푸드 다이어트는 특정 음식의 효능이 아닌 **영양소의 불균형**으로 인해 살이 빠지는 것이다.

빵이나 피자 같은 음식도 하루 한 조각으로 제한한다면 살이 빠질 수 밖에 없다.

그 대가는 엄청난 후폭풍 '요요와 영양실조' 건강보다 숫자에 집착한 결과였다.

다른 건 몰라도... 엄마한테 너무 미안하다.
...
끄응~
눈치

네가 살 빼는 게 그렇게 힘들면 상담이라도 받아 보는 게 어떨까?
주저
주저

알았어.
...

신경정신과
무슨 일이시죠?
그..그게...
흠~

다이어트를 하기 전엔 음식에 대한 집착도 없었고 먹는 것도 즐거웠어요.
그런데 다이어트를 하고 나니 오히려 먹는 것에 집착하게 되고 요요로 40kg이나 쪄버렸어요.

일단 우울증이랑 식욕 억제제를 처방해 드릴게요.
넵.
울먹~

그렇게 일주일분의 약을 처방받았다.
내복약
OO약국

다이어트 식품을 밥 대신 먹으니 체중이 줄었고,
식욕 억제제 덕에 입맛도 줄었다.

'해독'이라는 말에 이끌린 나는
레몬 디톡스 다이어트를 해보기로 했다.

레몬 디톡스

주문한 **레몬 디톡스** 재료가 도착했다.

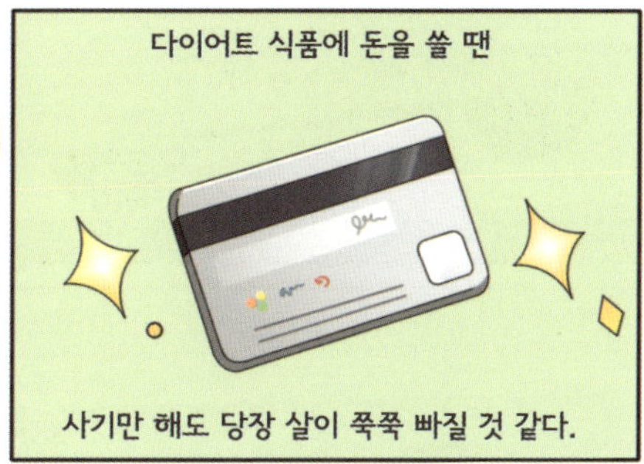

레몬수의 제조 방법은 단순하다.

준비한 생수에 레몬즙과 시럽,
신진대사량을 올려준다는 페퍼분말을 넣고 섞으면 끝.

빠른 감량을 원했던 나는
단식하며 레몬수만 먹는 5일 프로그램을 택했다.

... 그렇게 5일이 지났다.

더 빨리 더 많이 체중계 위 숫자를 줄이고 싶어.

'디톡스'란 말은 굶는 다이어트를 합리화시킨다.
꼬르륵

근데 요새 왜 이렇게
속이 아리지?
병원에 가볼까...
찌릿 찌릿

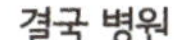

결국 병원

위염인데
상태가 꽤 심각하네요.
혹시 자극적인 음식
자주 드세요?

자극적인 레몬의 신맛과 카옌페퍼의 매운 맛과

탄수화물이 주 영양소인 시럽이 섞인 주스를

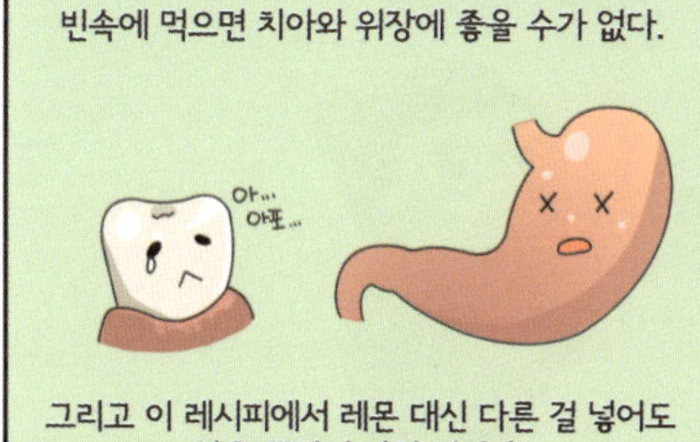

빈속에 먹으면 치아와 위장에 좋을 수가 없다.
아... 아포...
그리고 이 레시피에서 레몬 대신 다른 걸 넣어도
살은 똑같이 빠질 것이다.

왜냐하면 밥을 안 먹으니까.
결국 초절식, 단식 다이어트를 디톡스란 단어로
잘 포장한 것뿐.

이처럼 체중에만 집착하면 지름길만 찾게 된다.
팔랑
팔랑
이 구역의
호갱님은
나야!

지름길로 여겨지는 무리한 다이어트들이
가져다주는 가장 큰 부작용은
섭.식.장.애.
내일부터 절대로 안 먹어요.

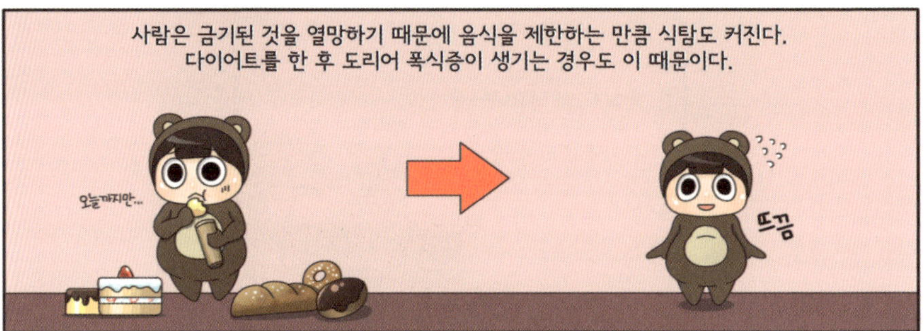

사람은 금기된 것을 열망하기 때문에 음식을 제한하는 만큼 식탐도 커진다.
다이어트를 한 후 도리어 폭식증이 생기는 경우도 이 때문이다.
오늘까지만...
뜨끔

사실 운동이 최고란 건 나도 알지만
이런 몸으론 운동하러 나갈 자신이 없어.

이런 몸으로 헬스는 아직 좀 그래.
70kg까지는 빼고 등록하고 싶은데
속 쓰려서 레몬 디톡스는 이제 무리니까.
음... 간헐적 단식을 해볼까?
휴

🐻 간헐적 폭식?

헬스장은 몸 좋은 사람만 있을 것 같아서 가기 꺼려진다.

자기관리 못 하는 사람이라고 다들 얼마나 한심하게 볼까?

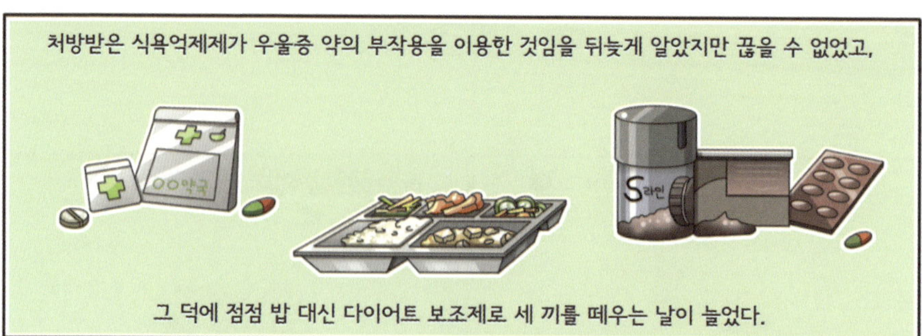

16~24시간 정도 단식을 통해 공복 상태를 유지하는 단식법.
주 1-2일 정도가 적당하나 매일 1일 1식을 유지하는 사람도 있다.
디톡스와 함께 뜨고 있는 다이어트 방법.

관리가 일상
잠
휴식
수업
준비
운동
공부 밥 요가 수업
요가 강사라 몸매 관리를 해야 했는데요. 1일 1식이 제게 딱이에요!

폭식이 일상
열렙해야 하는 제게 1일 1식은 딱이에요!
잠 게임
밥 게임 잠

너 너무 많이 먹는 거 아니니?
엄마도 참~ 간헐적 단식 몰라?
?

점점 나는 '간헐적 단식'을 잘못된 식습관의 방패로 삼고 있었다.
그.리.고

뭔가 피부는 여전히 푸석하고 뱃살은 전보다 더 찐 것 같네.
헬쑥

살은 빠졌지만 몸매는 변화가 없어 일주일 동안 먹은 것들을 적어보기로 했다.

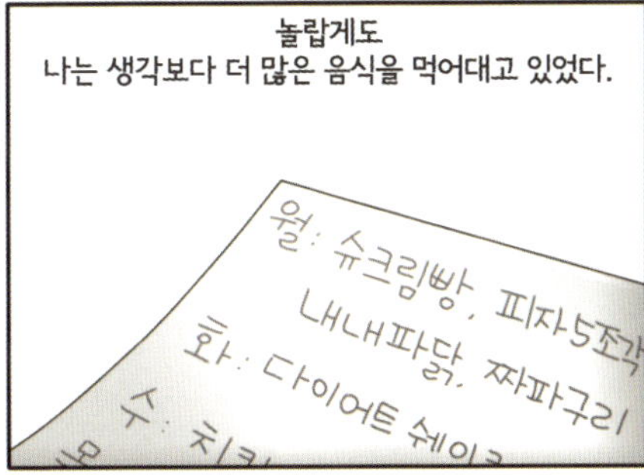

놀랍게도 나는 생각보다 더 많은 음식을 먹어대고 있었다.
월: 슈크림빵, 피자5조각
화: 내내파닭, 짜파구리
수: 다이어트 쉐이크

내가 하던 건 간헐적 단식이 아니라 간헐적 폭식이었어...
탁

먹은 음식만 적어도 일주일이면
자신의 문제점이 한눈에 보일 것이다.

나의 폭식은 대부분 충동적으로 일어났고,
이성을 잃은 것처럼 먹어댔다.
헤롱
헤롱

식단일기를 쓰기 전엔 전혀 몰랐다.
3/11 치킨 피자
쿠키10 아메리카노 케잌스콘
디톡스 주스
철푸덕
이렇게 많이 먹고 있었다니 전혀 몰랐어...

폭식의 빈도는 이틀에 한 번.
지출 평균은 한 번에 3만 원 이상.
폭식 비용은 전부 부모님 용돈에 의존.
백수
휴학생
100kg
은둔 중

결국 나는 뚱뚱하단 핑계로 편한 대로만
하고 있었어. 투정만 부리고 다이어트도
폭식도... 다 엄마 아빠 돈으로...

엄마. 딸 왔...
그쪽 딸은 아직 살을 못 뺐당가? 수술이라도 해야 하는 거 아니여? 시집은 어떻게 보낼랑가?

뭐... 얼마 전부터 다이어트 하고 있으니까 천천히 빠지겠죠.
그려~ 빨리 빼브러야지. 지나갈 때마다 땅이 쩌렁쩌렁 울린당게?
ㅋㅋ

빨리 빼면 좋죠. 하지만 부모라고 애가 피자, 치킨 먹고 싶다 하면 안쓰러워서
사주게 되고... 이제 살찐 게 내 탓인가 싶기도 하네요... 곧 복학에 취업도 해야 할 텐데

그러고보니 나의 다이어트는
항상 뭔가에 의존하며 쉽게 빼려 했었다.
...
터벅
터벅
아름
펌 커트 매직

그러고보니 대학 동기인 미칠이가 있었지.

습관의 차이

우리의 코스는 늘 정해져 있다.

찾아보니까 요새 뜨는 파스타집이 둘인데 어디 갈까? 하나는 살짝 멀고 하나는 가깝...
가.까.운.곳.

힘드니까 그냥 가까운 데 가~
맞어. 먼 데는 가기 귀찮으니까.

다이어트 한다는 애가 걸어갈 생각은 안 하고 걷는 게 그리 싫나?
굵적
....

우선 미칠이는 걷는 것을 좋아한다.
쌩~
힝드러...
헉헉

레스토랑
-MENU-
3명이니 커플세트 시키면 되겠네.

패밀리세트 시켜. 만 원 차이잖아.
맞아~ 파스타도 하나 더 주네.

패밀리세트?!! 5~6인용인데 다 먹을 수 있어? 우리 3명이잖아.
무리무리~

결국...
패밀리세트
푸짐~

잠시 후
어우... 배 터질 것 같은데 아까우니 그냥 먹자.
읍

...! 벌써 다 먹었어?
한심...
그러고보니 미칠인 천천히 꼭꼭 씹어 먹는구나.

커피숍
배부르지만 후식 배는 따로! 아메리카노는 밍밍하니까... 카페모카!

여기 허니브레드가 유명한가봐.

정말? 먹자!
난 배불러서 패쓰! 배 터질 것 같아.

디저트 배는 따로인 나와 달리
노릇 노릇

미칠이는 배가 부르면 더 이상 먹지 않았다.
향좋다ー

소식과 운동. 천천히 오래 먹기. 내가 다이어트할 때나 하는 것들을 미칠인 일상적으로 하고 있었어.
띠 잉~

폭풍 요요... 뭐부터 시작해야 하지?

식단 일기와 미칠이와의 비교를 통해 평소 습관의 중요성을 깨달은 나.

그동안 해왔던
다이어트가 뭐뭐 있지?
원푸드에 간헐적 단식,
레몬 디톡스 그리고
황제 다이어트까지

엄청 많은데 일주일 이상 한 건 하나도 없네.
애당초 이주일 이상 했다가는
몸 망가질 방법들이고...

살 빼는 것만 생각했지.
그 이후에 있을 일은 전혀 생각 못 했어.
일단
빼고
보자
어째지...

내가 할 수 있는 방법보다,
남들이 좋다는 다이어트를 무조건 따라했던 나.
그렇게 고등학교 때 20kg을 빼고도

요요 현상으로 지금은 세 자릿수 몸무게.
깡총
X 1000
두둥~
술살
크아~
84kg -> 64kg
입학 초 84kg
현재 105kg

다이어트의 필요성은 매일 느낀다. 왜냐하면
빅사이즈 쇼핑몰인데
모델이 마르면 대체
뭘 보고 사라는겨.

요요로 찐 살이 더 빼기 어려운 이유는 **자존감 하락**과 **섭식장애**를 동반하기 때문이다.

일단은 뭐라도 해볼래

그러니까... 뭐부터 하는 게 좋을까?
바싹
먹고 있는 과자 먼저 내려놓지?
뭐부터 해야 할지 모르겠으면 우선 뭐라도 하는 게 어때? 인터넷을 찾아보든가~ 헬스를 끊든가~
으이구
그치만 살 빼도 걱정인 게 튼 살은 어떡해? 흉 질 텐데?
빼도 얼굴이 그대로면? 탈모라도 오면 어쩌지?
살 빼도 별로 달라지는 게 없을 수 있잖아. 거기다 튼 살은 분명 흉 질 텐데 옷은 어떻게 입구 다녀.
에휴. 사서 걱정 말고, 일단 니가 할 수 있는 가장 사소한 부분부터 천천히 바꾸는 게 어때? 아르바이트나 운동 같은 것들 말야.
일단 빼고 고민중찌?
맞아. 아르바이트! 그 생각을 왜 못 했지?
백수 휴학생

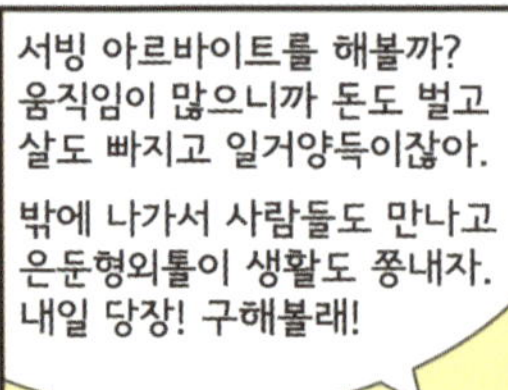

알바의달인

서빙 아르바이트를 해볼까?
움직임이 많으니까 돈도 벌고
살도 빠지고 일거양득이잖아.

밖에 나가서 사람들도 만나고
은둔형외톨이 생활도 쫑내자.
내일 당장! 구해볼래!

좋아! 깝수, 내일 나랑
알바 알아보러 갈래?

OK

그런데... 과연
날 써줄 곳이 있을까?

엄마!!
나 내일 헬스
등록할래.

헬스? 너무
무리하지 마.

감사합니다♡

이번 달만 신세 질게요!
나!! 내일부터 아르바이트
구할 거니까!

알바까지?

집에서 게임만 하는 것보다야 낫지만
요즘 같은 때에 일자리 구하기 힘들 텐데
괜히 상처만 받고 오면 어쩌지.

쿠크다스

멘탈

식단 일기를 썼더니 뭘 고쳐야 할지 문제점이 한눈에 보이네.
생활패턴을 다~바꿀거야
밖에도 자주 나가고

생활패턴을 점검하고 목표와 계획을 세우는 것은 정석 다이어트의 첫걸음이다.
뭐가 문젤까?
게임
밥
Zzz
게임
밥

이제 남들이 하는 다이어트에 휩쓸리지 않기로 다짐했다.
내게 맞는 방법을 찾을 거야!
X

예전처럼 막연하게 말고 체계적으로 시작하자. 우선은 목표부터!

으음... 다른 건 몰라도 이건 꼭 고쳐야겠어.
차 목표
① 폭식증고치기
② -10kg
③

100군데 돌면 한 곳 정도는 날 써주겠지? 내일은 어떤 일들이 있을까?
슥삭
슥삭

그리고 이 일기장의 마지막 페이지를 쓸 때 난 어떤 모습일까? 지금보다 나은 모습이기를.
자야지.
탁!!

내일 아르바이트... 꼭 구해졌음 좋겠다.
Zzz..